光文社古典新訳文庫

箱舟の航海日誌

ウォーカー

安達まみ訳

kobunsha classics

光文社

Title : THE LOG OF THE ARK
1923
Author : Kenneth Walker

本文イラスト／松本圭以子
本文レイアウト／藤田知子

目次

献辞
動物園の長老カメに捧げる

箱舟の航海日誌

はじめに

退屈なので、読むべからず

本書であつかわれるできごとの真相を伝える物語は、これまでなかった。いかなる時代においても、思考をめぐらせるひとびとのあいだでは、長年、そう信じられてきた。その欠落をここに補うことができたのも、ひとえに、われわれが献辞で謝意を表したところの、あの老いたる碩学《せきがく》の学識と好意に負うものである。

ときは日曜の午餐《ごさん》、場所は動物園の碩学の家。興味のつきぬ、楽しい逸話にみちていたはずの物語でありながら、いっこう詳細な記録が保存されず、ただその骨子のみがかろうじて残されている事態を嘆く声があがった。すると、三世紀にわたり、世の変遷を悠然と観察することによって智恵袋となったわが主人役は、アルメニアの洞窟について語りはじめた。そのありかが碩学の家系に大切に伝えられてきた、くだんの洞窟について。よりめまぐるしく移ろう家系では、頻繁な世代交代のなかで失われてしまった知識だ。その洞窟にわれわれが求める物語の詳細がある。碩学はそう請けあった。

調査の末、碩学の言葉の真実が証明されるにいたった。星霜が地表に刻んだ変化ゆえに苦労はしたが、洞窟を発見したのである。洞窟の壁面と煙で黒ずんだ天井までもが、壁画、それも何百もの壁画でくまなく埋めつくされていた。壁画はわれわれが知りたかったことを教えてくれた。ところどころ、丸っこい、少年らしい筆跡で短い説明もしたためられていた。その助けをもってしても、物語をたどるのはたやすくない。いたるところで岩がひび割れ、はがれ落ちていたうえに、灰色や黄色のコケが岩肌にびっしりへばりついていた。コケをむしりとっても無駄だった。コケとともに壁画まではがれ落ち、裸の岩肌が現れるだけなのだ。

優れた壁画は本書に複写した。それらと不完全な断片から物語全体を再現し、可能なかぎり完璧なかたちで書きとめた。ほかの資料からその場にいたことが知られているが、本書にまったく登場しない動物もいる。ゾウとカンガルーの夫や、コウノトリとキリンの妻だ。稚拙に描かれ、歳月にむしばまれた壁画からは、描かれているのが夫なのか妻なのか、かならずしも判別できなかったからだ。ものごとを単純にするために、夫の活躍が妻のものとして描かれたり、またはその逆があるかもしれない。あるいはまた、壁画の作者——おそらくはヤフェト——が、その動物の言動は不朽の名声に値せずと判断し、登場させなかったとも考えられよう。

1　洪水以前の世界

かつてこの世界は穢《けが》れがなかった。無垢なもののつねとして、なにごとも、いまよりずっとうまくいっていた。なんといっても穏やかな天気が心地よかった。凍《い》てつく冬から焼けつく夏までの、不安定な季節の移りかわりがなかったからだ。どこでもうららかな春の陽気がつづいた。もちろん、北極グマのように冬を好む生き物もいて、そうした生き物は少し離れた、雪と氷だらけのところに移っていった。けれども、ほとんどの生き物は穏やかな土地に住んでいた。

雨が降ったことは一度もなかった。いちばんいいのは、つぼみや花のほかに、熟《う》れた果物がいつでも木々になっていたことだろう。これは大事なことだった。動物たちもこの世界とおなじで、みんな無垢で、気立ても性格もよく、果物や草以外のものを食べるという発想すら浮かばなかったのだ。大きなトラでさえ、木々のあいだに横たわり、まわりに落ちている果物をむしゃむしゃ食べて満ちたりていた。その果物といったら！　たわわにみのり、そこかしこにぶらさがり、木々は重荷をとりのぞいてください、といいたげに、うずく枝をさしのべていた。とびきり大きな黄金色のオレンジ、紫色のブドウ、ビロードの皮をしたメロン大のモモ、リンゴ、ナシ、スモモ。どれもありがたい露のおかげで熟し、いまよりずっとおいしかった。

この土地に住む動物たちは仲がよく、しあわせに暮らしていた。野原で跳ねまわり、暑い昼さがりは木陰でまどろむ。川辺でワニがメロンにかじりつく音だけが、生き物がいる証《あかし》だった。動物たちは風にそよぐサトウキビ畑に生えた巨大なイチゴを探しあてたり、オレンジの林でかくれんぼをしたりして、何時間もすごした。

いまはない果物や木があったように、いまは絶えてひさしい動物もいた。体が球形で、足がない、ゆかいな小動物は、丘をころがって下るときにたてる「フワコロ＝ドン！　フワコロ＝ドン！」という音にちなんで名づけられた。クリダーも風変わりで無力な動物だった。大きな白い頭はそよ風に震え、手足はか弱かった。そのためだろうが、いつも仲間と横一列になって立ち、左右に体を揺らし、うるんだ目をしばたたかせていた。ふしぎな光景だった。フワコロ＝ドンやクリダーのほかに、暗闇で光る発光ツノメドリ、足長のクリート、窮屈そうなジガ＝ディや、そのほかにもたくさんの動物がいた。

けだるい昼さがり、数匹の動物がひとかたまりになって、日陰でうとうとしたり、のんびりと毛づくろいをしていた。するとせわしい羽音とともに、白黒模様のカササギが動物たちのまっただなかにおりてきた。カササギは息もつがずに早口でしゃべりだす。「それが、びっくり仰天なのよ。まったくばかばかしいったらありゃしない。あのひとにあんな大きな家がいるなんて。子どもがたった三人しかいないってのにね。そりゃ、あたしだって巣がゆったりしてて、風通しがいいにこしたことはないって、いつもいってきたけど。でもね、丘ひとつまるごとなんて、ちゃんちゃらおかしいわ。あたしが知りたいのはね、あのひとがあの家になにを入れたいかってことよ。あたしにいわせりゃ、頭がどうかしてるのよ」

「なにが？」と、年寄りの黒クマがむっくり起きあがって唸った。カササギは飛びあがり、ひっくりかえりそうになる。

「窓の数もね、たいへんなものなのよ。それに、扉もゾウが通れるくらい、大きいの。

キツツキたちが困るのも、無理はないわ。それに何か月もやってるのよ――毎日、木をいっぱいね。そりゃあたしだって、ひと握りの枝のことでけちけちしたかないけど、林まるごとだなんて！　いったいいつまでつづくのかしら？　あたしが知りたいのは、それよ」

ここでカササギは口をつぐみ、深く息を吸いこんだ。年寄りのハゲコウノトリが羽の下からゆっくりと頭をだし、おしゃべりなカササギを見つめた。「もっと落ちついて、わけがわかるように話してくれると、わしらにもおまえさんのいっていることがわかるんじゃがな」

「だから、あのひとが木をぜーんぶ切りたおして、すごくでっかい、変てこなかたちの家を建てているのよ」

「だれが？」年寄りの黒クマが聞いた。黒クマはひと言ですむときには、絶対にふた言を費やさない。

「だから、いってるでしょ？」カササギは早口でつづけた。騒ぎにひきよせられ、ほかの動物が何匹かやってきたのを見て、いよいよもって興奮をつのらせる。「山のむこうに、白い鬚《ひげ》のおじいさんが家を建ててるのよ。その家がね、とんでもなく大きくって、おじいさんが木をぜーんぶ切りたおしちゃったのよ、それで、キツツキたちが、しょっちゅう、新しい家を探さなくちゃならないなんて、あんまりだっていってるの。あんな家、なんのためにいるのかって、それがわからないのよ」カササギはあえぎながらまくしたてる。

「おめえには、なんにもわからねえんだよ」フタコブラクダが嫌みをいった。

「カササギおばさん、なにがいいたいんだい？　おいらにゃさっぱりだ」と、カバがたずねた。

「どうやら、丘のむこうで老人がとてつもなく大きな家を建てておって、キツツキの木を使いはたしたらしいのじゃ」ハゲコウノトリが解説する。

「それがどうしたって？　でっかいからどうだってんだ？　でっかすぎることもなかろうよ。でっかけりゃでっかいほどいい。それがおいらの座右の銘さ」カバがふくみ笑いをしながらだみ声でさえぎった。

「そのとおり」サルが口をはさむ。じつはなにも知らないくせに。「ぼくの従兄弟《いとこ》は、広々したのが気にいっててね。この前会ったときに話してくれたな。『ねえ、きみ、丘の斜面にすてきに大きな家を建てようと思ってね。洞穴はどうにも湿気《しっけ》っぽくて』ってさ」

これにはだれも答えない。サルは知らないことがあると思われるのが嫌さに、好き勝手に創作しては無知を隠そうとするのだ。動物たちにはそれがお見とおしだ。

「その人間は、頭がおかしいのかも」ヒョウがいった。

「あいつら、みんなそうさ。いつもとっぴなことをやらかしてよ。だってよ、なんだって、自分の毛皮で満足しねえんだ？　服なんぞ着こんでよ！　ふふん！」フタコブラクダが鼻を鳴らした。

「頭がおかしい、頭がおかしい、みんな頭がおかしい！」バタンインコがけたたましく叫び、枝の上で体を前後に揺らす。

「ああ、びっくりした！」体が大きいわりに臆病なゾウがいった。「いきなり変な音をたてないでちょうだいな。ぎょっとするじゃないの」

バタンインコは体を揺らし、笑いながら小声でつづけた。「頭がおかしい、頭がおかしい、みんな頭がおかしい」

「それにやつら、お高くとまってやんの」フタコブラクダはサルを一瞥《いちべつ》した。サルは人間と仲よくなろうとしては、無視される役まわりだ。

「くだらん！」年寄りの黒クマが腹の底からしぼりだす。

「わしにはキツツキと人間だけにかかわる問題に思えるのう」と、ハゲコウノトリはいった。そしてみんなに背をむけ、羽をしっぽの下にたたみ、ゆっくりと去っていった。ハゲコウノトリが行ってしまうと、みんなはカササギの知らせに興味を失った。まもなく、その場にサルとカササギだけが残された。

「それでさ、その家はどこにあるんだって？」サルがたずねた。

カササギは話を聞いてくれる相手がまだいるのに気をよくして答える。「それがね、崖の上にひとかたまりのマツの木がある場所、知ってるでしょ？　あそこの丘のむこうの崖よ。ほら、知ってるわよね？　うちの亭主の従姉妹《いとこ》が去年、巣をかけたところよ。先月、亡くなったばかりだけど。かわいそうに！　あたしにいわせりゃ、従姉妹は傷心のあまり、亡くなったのよ。絶対、そうにちがいないわ。なにをやっても、どんなに気をつけても、従姉妹の卵はいつも、ひとつ残らず腐ってたの。ひとつもかえせなかったのよ、かえせたためしがないの。あたし、きのうのことのように覚えてるわ。従姉妹がやってきて、いったのよ。『メイベル、胸がはり裂けそうよ！』ってね」

「ああ、そうだね、で、大きな家はどこなんだい？」と、サルが口をはさむ。

「だから、いってるでしょ」カササギはむっとしていいかえす。「あのマツの木の上をまっすぐ行くのよ、まっすぐ飛んでいって、大きな湖のむこう側まで行くの。そしたら、まむかいの丘の斜面の木のあいだにあるわ。まちがえっこないわよ。だって、今度の木曜日でやっと三か月のうちのハーバート坊やだって……」

「どうもありがと」サルはそういって、そそくさと退散した。すっかり気を悪くしたカササギは「ほんと、礼儀知らずな連中もいるもんだね」と、ぶつくさぼやいている。

その日の午後は、そこへ行く時間がなかった。だがサルは上機嫌だった。なるべく大勢の動物と会い、できるだけさりげなく、新しい大きな家に住む従兄弟に会いに行くのさ、といいふらしてすごした。

2 サルの旅

翌朝早く、サルは丘をめざし、しばらくは力をふりしぼって進んでいった。だが、丘のふもとにたどりつくころにはくたびれはて、暑さにうんざりしていた。きれいさっぱりあきらめようかと思ったほどだ。でも、家のことをほかの動物たちに話し、人間とその習性についての知識を披露できたら、どんなにすてきだろう。その考えが頭から離れない。さいわいなことに、そこからしばらくは、最初まばらだった木がしだいに密生してきたので、枝から枝へとぶらさがって進むことができた。人間のふりをして曲がった短い足で歩くより速いし、ずっと楽だ。丘の稜線のてっぺんの木々からは、湖ごしにすばらしい眺めが広がっていた。湖は幅三、四マイルほどの平原のまんなかにあり、湖のむこう側には、めざす丘陵が広がっている。

平原は暑く、埃《ほこり》っぽく、いつまでもつづくように思えた。むこう側にたどりつき、木々のなかに入ると、ほっと胸をなでおろした。木のてっぺんに乗り、涼しい風に吹かれながら、ひと息ついて、まわりを見まわした。

ふいに頭上の斜面の木々のなかから、コッコッという音が響いた。「あれはキッツキじゃないな。大きすぎるし、ゆっくりすぎる」と、サルは思った。そして好奇心に導かれ、その正体を見てやろうと気をとりなおし、枝づたいに木々をぬって進んだ。

しばらくすると空き地についたので、木からおりて歩く羽目になった。まわりじゅうに切りたおされた木の切り株がある。どきどきしてきた。コッコッという金槌《かなづち》のような音が大きくなってきたので、正面から歩いて近づくのが怖くなった。そこで端のほうによって、ふたたび枝づたいに用心しいしい進んだ。すると、こんもりと盛りあがった地面のむこうに、ぱっと視界が開けた。その光景がとんでもなく意外だったので、サルでなかったら、驚きのあまり、地面にぽとんと落ちてしまっただろう。

丘の斜面の窪地に、度肝を抜くような家が建っていた。高さや幅はたいしたことがない。ただし長さは並はずれていて、延々とどこまでもつづく。家はきっちりと四角い。両側には規則正しく窓が並び、長い赤いとんがり屋根で、手前には緑色の大きな扉がある。なんといってもふしぎなのは、ほかの家のように地面の上ではなく、巨大

な、長いパイ皿のようなものの上に建っていることだ。これでは縄でもなければ家に出入りできない。

「おやおや、すぐさま、あのひとたちに忠告してあげなくっちゃ」サルはいった。

「きっと気づいてないんだ」

サルは家に近づいたが、すぐに奇妙なパイ皿のせりでた縁の下にぶちあたった。飛びあがるには高すぎる。しばらく縁の下を歩いたあげく、家から離れてだれかを探しに行くしかないことに気づいた。コツコツという音は止《や》んでいたが、あとずさると、はるか上方に人影が見えた。屋根の三角のてっぺんにまたがっている。もう一度近づくと、一五、六歳の、がりがりに痩せた少年だ。片手に紙切れと大きなペンキ入れ、片手に刷毛《はけ》を持っている。どうやら真っ赤な屋根に長い白い線を塗っているらしい。線はまっすぐのつもりが曲がってしまったのか、波線のはずがまっすぐになったのか、定かではない。のたうった線、といったところだ。少年自身も不安らしく、近眼なのか、紙切れをのぞきこんでは、屋根の線を見つめている。そのあいだ、手元がお留守になり、刷毛からは白いペンキがゆっくりとズボンに滴《したた》っている。

「やあ!」と、サルは叫んだ。

少年には聞こえないらしい。ぴくりとも動かない。そこで、サルはパイ皿の下に隠れない程度に近より、もう一度、声をはりあげて叫んだ。今度は少年の耳にとどいた。少年は飛びあがり、バランスを失いかけ、刷毛を落とした。刷毛は白いペンキの跡をつけながら屋根づたいにすべり落ち、パイ皿の縁を飛びこえ、サルの脇をかすめ、下の地面に落ちていった。

「たいへんだ！　ハムになんていわれるか」少年は白いペンキの跡を見つめていった。それから、急にサルのことを思いだした。「ああ、ごめん。なにか用？」

「こんにちは」サルはうやうやしくいった。「刷毛を落としちゃったね。上るのに手を貸してくれたら、とどけてあげる」

少年はゆっくりと屋根からおり、通路のような部分に立った。通路はせりでている部分にあり、家のまわりを囲んでいるらしい。

「どこかに縄があるはずなんだ。探してみるよ。いっしょに来るかい？」少年が誘いかけた。

少年は反対側の端まで先に立っていった。しばらくすると、サルの目の前に縄がおりてきた。縄をよじ登ると、べつの緑色の扉があった。もうひとつの端にあったのとおなじだ。

「めずらしいおうちだね」と、サルはいいかけた。ちょうどそのとき、扉が開き、長い白い鬚《ひげ》をたくわえた老人がでてきた。

「とうさんだよ」少年が紹介した。

「こんにちは、おとうさん」サルは愛想よく話しかける。「ちょうど息子さんにお話ししていたんですが、めずらしいおうちですね——でも、とても気にいりました。ひとつだけ、たぶん、お気づきではないと思うので、僭越《せんえつ》ながら、おたずねして、申しあげようと思いまして。扉が地面からあんまり高いので、縄でもなければおうちに入れないですね」

老人はおだやかにサルを見おろしながら、サルのおしゃべりが止むのを待った。

「じゃが、これは家ではないのじゃ」

「家ではない!」サルはとほうにくれて、オウムがえしに聞く。「じゃあ、なんなんですか?」

「箱舟じゃよ」老人はいった。「ところで、ヤフェト、あそこに見えるのは、おかあさまじゃないかの? お弁当を持ってきてくださったのじゃろう」

丘の斜面をでっぷりと太った女性が登ってきた。両腕に籠《かご》をさげている。近づいてきた女性は歩きにくい地面のせいか、自分の体重のせいか、あるいはその両方で、すっかり機嫌を損ねているようだ。いかにも暑そうで、怒りがこみあげているらしい。三人が自分のほうを見ているのに気づき、憤懣《ふんまん》やるかたないようすで叫ぶ。「ノア、あなた、あの図体ばかりでかい子たちを助けによこしたらどうなんです？　ばかなガチョウみたいにつったって。母親が死にそうだっていうのに。なんだって、まともなひと並みに、お昼を食べに家に帰ってこないのか、気が知れないですよ。こんな遠くまでお弁当を運ばせて。それに、あなたのその箱舟とやら——完成したところで、なんの役にたつっていうんですか？　わたしは嫌ですよ、一歩もなかに入りませんからね、水が来ようと来なかろうと。いわせてもらいますが、ただのさぼりのいいわけですよ。わたしの仕事をふやすだけのね。そうよ、そうですとも」

母親が箱舟のふもとまでやってくると、ヤフェトはすでに地面におりていた。母親を助けて籠を受けとり、片方の籠からは赤いハンカチ包みを四個、もう片方の籠からは、針金の取っ手つきの青いホウロウ加工のポットを四本とりだした。そしてとりだしたものを竿にひっかけ、父親に渡した。ノアはそれらを甲板におき、「感謝しとるよ、おまえ」といって、扉にもたれて腰をおろした。

　下にいるノア夫人はぶつくさいいながら、空《から》の籠をとりあげ、帰るしたくをしている。でもサルは甲板を近づいてくるふたりの人間に気をとられていた。先に立つのは、真面目な顔をした、背の高い、髪の黒い若者だ。ノアのところまで来ると、並んで腰をおろし、赤い包みのひとつをとりあげ、ほどきはじめた。もうひとりは、赤ら顔で赤毛の、ずんぐりした若者だ。やってくるなり、ヤフェトのほうをむき、からかう。

「おまえなあ、よくも屋根を派手に塗りたくってくれたもんだね。なんてたって、ズボンの塗り方が最高だな」

「やめろよ、ハム。たまには小僧をほっといてやりなよ」もうひとりの若者が諭す。そしてノアにむかっていう。「すべて順調ですか？」

「ああ、予想どおりじゃ。それでもまにあわんのでないかと気をもんでおる。やることが山ほどある。あれがいつはじまるともかぎらんからな」

「いや、充分、まにあいますよ、なあ、セム？」ハムはにやりと兄に目くばせしていう。

「それならいいが」ノアはそういいながら、立ちあがって扉を開け、なかに入っていった。

もはやサルの好奇心は、はちきれんばかりにふくれあがっていた。これまでは自分の無知をさらけだしたくなかった。箱舟がなんだか、あてられるかもしれない、とたかをくっていた。ところが混乱する一方だ。いつはじまるともかぎらない、謎の「あれ」とはなんのことだ？　サルはついにたずねた。「箱舟ってなに？　なんのためのものなの？　聞いたことがないんで」

「そりゃそうだろうよ。いままでこんなものはなかったからな」ハムがいった。

サルはハムのことがちょっと怖かったので、やや間をおいてから、箱舟のことを教えてほしい、と丁寧に頼んだ。

「それがさ、とうさんが変てこなことを思いついてな、たくさんの水が――とうさんは『雨』っていうんだが――空から落ちてきて、なんでもかんでも溺れさせちまうんだと。だから、この箱舟を建てたのさ。陸地がなくなったときに、水に浮かぶ家になって、住めるようにだとよ」。ここでハムは大笑いし、真面目なセムもにっこりした。ハムは口がきけるようになると、さらにつづける。「でもいちばん傑作なのは、とうさんは、動物や鳥やらなんやらを、みんないっしょに箱舟に乗せるべきだっていいうんだ」

「それぞれ二匹ずつだけど」セムが口をはさんだ。「全員分の場所がないんでね」

「もちろん、全部でたらめさ」ハムはつづける。「でも、家でかあさんに雑用をいいつけられるより、こいつを建ててるほうがよっぽど楽しいんでね」

「とうさんのことをそんなにばかにしちゃいけないよ」ヤフェトが遠慮がちに口をはさんだ。「とうさんのほうが、兄さんよりずっとものを知ってるんだし」

セムは笑いながらいう。「どうやらヤフェト君は、『あれ』がはじまると思いこんでいるようだな。さてと、ハム、そろそろ船室を仕上げに行こう」。そういいながら、ふたりの兄たちは、口笛を吹きながら去っていった。

「ずいぶんおかしな考えだね！」サルはいった。でも、ハムの嘲《あざけ》りにもかかわらず、ノアの考えが心にひっかかる。「空から水が落ちてくるなんて。ひどいことになるね！」

「ぼくはとうさんが正しいと思う」ヤフェトは大真面目だ。「たしかじゃなかったら、こんなたいへんなことをしないよ。案内しようか？」ヤフェトは扉を開け、サルを手まねきしてなかに入れた。なかから見ると、箱舟はこれまで以上に変てこだ。ふたりは広々した部屋の端にいた。部屋というよりトンネルに近い。むこう側の端がほとんど見えない。両側の隅には仕切りがあって小部屋になっている。そのとき、ノアの声が小部屋のひとつから響いた。「ヤフェト、サイの一日分の食糧はどれくらいかな？」

「七五三ポンドと九オンスです、とうさん」と、ヤフェトが答える。さいわい、自然科学はもちろん、たいていのことについては博識なのだ。

「では、プラティパスは？」ノアはさらにたずねた。

「なに？」

「カモノハシじゃよ」

「ああ、オルニソリンカスね！　三ポンドです」。そしてサルのほうにむきなおった。

「これがとうさんの事務室だよ。ここで食糧がどれくらい必要なのか、計算しているんだ。この上には屋根裏部屋があって、鳥たちが住む場所になる」そういいながら、天井の穴を通って上に伸びる梯子《はしご》を指さした。「さあ、こっちにきて、船室を見てごらん」。ヤフェトは背をむけ、先に立ってノアの事務室の前の傾斜した通路を歩いていった。すると、箱舟の端から端まで伸びる狭い通路があり、その両脇にたくさんの船室があった。大きな船室に小さな船室。ゾウが入れるほど幅広い船室や、キリンが入れるほど天井の高い船室。いくつも重なった小さな船室。マッチ箱ほどの船室や、天井が低く、横に広い船室――「ヘビ用さ」ヤフェトは説明した。「みんなにぴったりの船室を作るのは、たいへんだったんだ。セムとハムが最後の船室を仕上げているところさ。それから、さっきいた食堂の食卓を作らなきゃならないし、風呂場の調度品をつけないとね。さて、ぼくはペンキ塗りのつづきをしなくちゃ。きっともうすぐ、また会えるね」

箱舟の縁から縄をつたい、地面に飛びおり、帰りの旅についたとき、小さなサルは気持ちが高ぶっていた。ほかの動物たちに知らせることが山ほどある。なんてわくわくするんだろう！　ところが、箱舟から遠ざかれば遠ざかるほど、ノアやヤフェトがいっていたほど、「あれ」がさし迫った、たしかなことに思えなくなってきた。空から水が落ちてくるだって――サルが仰ぎみると、空はいつものとおり、晴れわたった青空だ。この空から水が落ちてくるなんて、考えただけでもばかげている。だいたい、水はどこから来るんだろう？　水が隠せるところなんてない――空を見あげると、ずっとお日様まで澄みわたってるんだから。動物たちは自分の話になんていうだろう。

サルは不安になってきた。もどればもどるほど、むちゃくちゃな、ありえない話に思えてきた。

夕方には、湖のほとりの大きな平原を横切り、カササギの巣のそばの丘のまんなかにたどりついた。サルはそこの木の上で一夜を明かした。翌朝、起きると、きのうの冒険が夢のようだった。

「動物たちにあんな話をしたって、笑われるだけだ。水のことはいわないでおこう。家がきれいで大きいってことだけ、いえばいいや」もはやサルは、ノアの話に心を奪われた自分のことを、気弱なおろか者だと思っていた。

サルが動物たちのところについたのは、昼近くだった。すぐに長々と話しはじめた。

「従兄弟《いとこ》の家はきれいだったなあ！　赤い屋根があって、片側から持ちあげられるんだ。それに、両端に緑色の扉があってね。あんな大きな家、いままで見たことがない。従兄弟によると、これまでの家は手狭だったんだって。ぼく、いっしょにお昼を食べたんだ――それが、じつに感じのいい若者たちでね！」

ところが、だれも感心しない。興味さえ示さない。暑かったし、みんな、眠かった。それに、サルが大げさなことをいうのには慣れっこだった。賢い老ハゲコウノトリは片足をあげ、頭を胸元に垂れた。年寄りの黒クマは唸り声をあげた。「黙れ」という意味だろうか。とにかく、関心を持ったとはいいがたい。ほかの動物たちは、楽な姿勢にもどり、ゆっくりと目を閉じた。そんなわけで、前日の長旅で疲れはてたサルも、まもなくうとうとしはじめた。

3　雨のはじまり

それから数日間、動物たちは食べては寝て、いつものようにすごした。若くて元気な動物は、涼しい朝夕に鬼ごっこや大将ごっこで遊んだ。まもなく、サルはノアと驚くべき家のことをすっかり忘れた。

ところが、ある日の午後、開けた場所に数匹の動物たちが集まり、みんな、おなじ方向を見あげながら、興奮したようすで話しこんでいた。

最初にそれを見たのは、キリンだった。キリンはすぐに親友のゾウのところに飛んでいった。ゾウの巨体のそばなら安心だ。キリンは、ほかのキリンたちがそうであるように、口がきけない。だから、表情ゆたかな目と長い首で、考えていることを表す。二匹の仲のよさのもうひとつの理由は、ゾウは耳がよいが目が悪く、キリンは物見やぐらのような首のおかげで遠くまで見わたせるが、耳に自信がないからだ。そんなわけで、このでこぼこコンビはたいてい寄り添っていた。

ゾウは不安げにそれのほうを見て、すっかり心細くなり、鼻をけたたましく鳴らして、ほかの動物たちを呼んだ。はるかかなたの丘陵の上、空に奇妙な白い点がある。ゾウはいう。「鳥じゃないわよね。翼がないもの。それに、あんなに大きいんですもの。たいへんだわ！　あれがあそこにあると思うと、今夜は一睡もできないわ」

キリンは同情と慰めを表すつもりで、首をいろいろな形にねじる。

「いいえ、ヘビやリュウでもないわよ」と、ゾウはいった。キリンの努力がわからない。「白いリュウなんて聞いたことがないし、ヘビは飛ばないもの」。キリンはすっかりあきらめた。

そこへ老ハゲコウノトリがやってきて、動物たちから質問攻めにあった。「なんだろう?」「ほら、見て――山の上よ！」「動いてるぞ！」

ハゲコウノトリはじっくり見てから、考えこんだ。「前にあれに似たものを見たことがあるが、ずいぶんむかしのことじゃった。山を越えて飛んでおったら、山のてっぺんに穴があって、そこからあれがでておった――不快な臭いがしたのを覚えとる。おなじことがあの丘でおこっておるのじゃろう。じゃが、慌てることもなかろう」

「大きくなってるぞ」フタコブラクダがいう。

「それに、あっちのほうに、小さいのがあるよ！」一列になったまま、にじりよってきたクリダーのなかの一匹もいった。

「それに、あそこにも」「見て、たくさんあるよ！」二匹目と三匹目が叫ぶ。

みんなが心配そうに見守っていると、驚いたことに、どこからともなくほかの小さな雲の点が現れ、どんどんふえていく。小さな点は大きくなり、たがいにくっついて大きな雲になっていった。そのうち、遠くの丘の稜線のすぐ上に、白い雲がうねりながら、盛りあがってつらなり、まぶしい陽光のなかで雪のように輝きはじめた。

さらなる変化がおこった。雲の下側はだんだんと灰色になり、灰色の部分が濃くなり、広がっていく。雲全体がすっかり黒ずんでいく。黒雲は少しずつ下にむかって広がり、指でなぞるように、地面に闇の筋をつけていく。

すると硬い表情で見いっていた動物たちのなかから、恐怖の叫びがあがった。「見ろ、こっちにむかってくるぞ！」。みんな、いっせいに逃げだそうとした。そのとき、ハゲコウノトリがいった。「いいや、なんの、鳥じゃ」。ふりむくと、べつの雲かと思ったものは、たしかに鳥の群れだ。あまりにも大群なので、鳥たちが近づくにつれて、うしろの恐ろしい光景がすっかり覆い隠された。

鳥の群れは速度をゆるめずに、動物たちの頭上をまっすぐ飛んでいく。カササギだけが、怖さよりも知らせを広める誘惑に負け、勢いよく動物たちのそばにおりてきた。すっかり息が切れ、声がうわずっている。「ああ、たいへん！　ひどいったらないのよ。あんなものを見るなんて、長生きするもんじゃないわね」

「なにを？」年寄りの黒クマが吠えた。ひどくおっかない声なので、みんな飛びあがった。カササギはうわの空で、しっぽをばたばたさせたり、嘴《くちばし》をパクパクと開けたり閉じたりするばかりだ。ようやく気をとりなおすと、息もつがずにいう。「水よ――空から水が落ちてるの、あっちの丘の上に。それにお日様がなくなっちゃったのよ！　ああ、たいへん、ああ、たいへん！」そういい残し、大慌てでほかの鳥のあとを追った。

お日様のことはほんとうだった。動物たちが仰ぎみると、美しい青空のかわりに、どこもかしこも重い鈍色《にびいろ》のヴェールに覆われていた。動物たちが茫然《ぼうぜん》と見守るなか、最後まで残っていたお日様のかけらも、巨大な鉛色の雲に押しつぶされ消えていった。

かすかな呻き声と、すすり泣くような風音が聞こえた。動物たちは震えながら、こ

れからなにがおこるかもわからず、うずくまり、ひたすら待った。そして、最初の冷たい雨粒を体に感じると、狂ったかのように飛びおきた。動転してあたりを見まわしても、行くところはない。木々は横なぐりに吹きつける雨に打たれ、がたがたと揺れ、唸る。重い雨粒が、あっというまに土砂降りに変わった。雨はいよいよ激しく、速く落ちてきて、木々の葉っぱをむしりとる。動物たちも地面に叩きつけられた。これほどみじめな怖い思いをしたことはない。

そこへ、動物たちに自分の居心地の悪さをすっかり忘れさせるできごとがおこった。目の前で、クリダーたちにぞっとする運命が襲いかかったのだ。クリダーたちは、これまでの驚愕《きょうがく》と恐怖の時間をずっと、悲しげに一列になり、かすかに震えていた。ところがいまや、あわれなむせび泣きが聞こえてきた。動物たちは身の毛もよだつような光景を目撃した。

クリダーに恐ろしいなにかがふりかかっている。いつものように横一列に並んで泣きながら立っているクリダーたちの顔に、涙と雨の筋がつたう。だが、あれは涙と雨だけなのか？　なぜ輪郭が妙にぼやけて見えるのか？　なぜ絶望的な泣き声や呻き声をあげているのか？　動物たちははっとした。クリダーが、溶けてなくなっていく！

動物たちの目の前で、クリダーの頭は縮んでいき、輪郭はぼやけ、首は体と区別がつかなくなっていく。そのあいだずっと、か細い、不安げなむせび泣きが響いている。でも、これまで顔だったものから目や鼻がすべりおちていくと、泣き声もだんだんと聞こえなくなっていった。クリダーたちは、背の高さの半分ほどのゼリー状のかたまりになった。それでも、そのてっぺんには、つぎつぎとあぶくがゆっくりと浮いてきて、ふくらむ。あぶくがひとつひとつ破裂するたびに、か弱い、ぶくぶくいう嘆きの声が聞こえる。あわれな小さなかたまりは、だんだんと低く、横に広がり、まもなく、淡いあぶくしか見えなくなった。あぶくは、ちょっと空中に漂っていたかと思うと、破裂した。あぶくが消えてしまうと、クリダーたちが存在した証《あかし》はすべてなくなった。いや、すべてではない！　ゾウの巨体の下で雨を避け、身をよじるように泣きながら、難を逃れたクリダーが二匹いた。種族の最後の生き残り。つらい喪失を体験した、悲劇的な二匹。

ほかの動物たちは、長いあいだ、そこにうずくまっていた。みじめさに打ちのめされ、動けない。自分もクリダーとおなじ運命なのではないかと考えると、不安がつのる。ときどき、自分や仲間の体を心配そうに眺めては、忌まわしい変化がおこっていないかをたしかめた。

やがて賢い老ハゲコウノトリが、木々の下なら雨宿りができるだろうと思いついた。そこで動物たちは、たがいに寄り添いながら、木の幹のそばですごした。体は冷えきり、びしょ濡れで、みじめそのものだった。そして、ゾウの大きな体の下で雨を避けながら、最後の二匹のクリダーが、泣きながら、震えていた。

＊

翌日の朝になっても、どこもかしこも灰色で、のっぺりしていた。雨はとめどなく、滝のように容赦なく降りつづく。空には希望のかけらも見えない。そのときだ。サルがこれまでのわがままな生涯のなかで、めずらしく、役にたつ行動にでたのは。木々の高いところで、垂れさがる枝の下にうずくまっていたので、ほかの動物よりも雨から守られていたからだろう。さほど脳みそが鈍っていなかった。とにかく、すべての希望が失われ、寒さと飢えで死ぬしかないと思えたそのとき――というのも、果物はとっくに雨の重みで地面に打ちつけられ、泥まみれのパルプ状になっていた――サルの脳裏に箱舟の思い出がよみがえったのだ。そうだ！　ノアはこれがおこるのを予測して、雨宿りの場所と食べ物を用意してくれているんだっけ。それを忘れるとは、ぼくはなんてばかなんだ！　サルはすばやく木の幹を走りおり、下にいる動物たちに物語の一部始終を堰《せき》を切ったように語りはじめた。

「すぐにでかけなくちゃ。じゃないと、まにあわない。ずいぶん遠いんだから」サルは叫んだ。

すっかり凍えていた動物たちに興味を示してもらうのに、だいぶ時間がかかった。水に慣れているカバだけが、サルのいうことの重大さに気づいた。サルはさんざん苦労しながら、ようやくみんなを立ちあがらせた。動物たちはうんざりするような泥のなかをゆっくりと歩みはじめた。先頭を行くのは賢い老ハゲコウノトリ、その脇に、得意げな小さなサル。そして、ゾウの巨体の下で雨宿りしながら、最後の二匹のクリダーも、つまずいたり、すべったりしながらついていった。

一行が進んでいくと、行く先々でひとかたまりになって震えているほかの動物たちと出会った。そのたびに、サルの話を聞かせた。一日ほど歩けば、老人が食べ物と雨宿りの場所を用意してくれていると。そのため、丘にたどりついたころ、小さな一行は、長い長い列になっていた。一マイル進むたびに、列は長くなっていく。

クリダーにふりかかった悲劇が危うくまたひとつ、おこりそうになったこともある。「助けて！　助けて！」と叫ぶ小さな声。一行が進むときの水しぶきや体がすべる音や荒い息づかいにかき消され、だれの耳にもとどかない。小道の脇の泥まみれの草のなかに、草よりもっと泥まみれの二匹の小さなフワコロ＝ドンがいるのに、だれの目もとまらない。二匹は必死で叫びに叫ぶ。長い列はゆっくりと通りすぎるが、なおもだれも耳を貸さない。二匹の希望はついえた。このまま放っておかれたら、寂しく死ぬしかない。上り坂をころがってはいけないのだから。

列の末尾が見えてきて、二匹と並び、やがて一行は通りすぎていった。もはや涙で咽喉《のど》がつまり、声もでない。二匹はうちひしがれ、たがいに抱きあった。と、ふいに身を離した。あれは、ゆっくりとしぶきをたてて進む足音ではないか？　唸り声とともに、荒い息づかいが聞こえるではないか。年寄りの黒クマだ。太って動作が鈍いので、ほかの動物といっしょに進めない。まだ希望はある。小さな二匹は身を起こし、声をそろえて耳をつんざくような金切り声をあげた。ああ、助かった！　黒クマがそれを聞き、そばにやってきて、二匹の匂いを嗅いだ。

「お願いです、丘を登れないんです。みんなにおきざりにされちゃって、ほんとに悲しくて。手を貸してください、お願い」ふたりは哀願する。

「うん！」と、年寄りの黒クマは唸り、ちょっと考えた。それから前足をあげ、すばやくふりおろした。ブイン、ブイン！　二匹のフワコロ＝ドンは、勢いよく丘をすっ飛んでいった。

てっぺんこえて、フワ=ドン、フワコ=ドン、フワコロ=ドン、フワコロ=ドンコ、フワコロ=ドンコロ、のはらをころがり、はこぶねへ。

フワコロ＝ドンコロ、フワコロ＝ドンコロ、おかをひょいっと、みんなをおいこし、フワコロ＝ドンコ、フワコロ＝ドン、フワコ＝ドン、フワ＝ドン

4　鳥の到来

水はひっきりなしに箱舟の屋根をたたき、甲板や下の地面までしぶきをあげながら落ちていく。洪水の二日目だ。雨は叩きつけるような豪雨となり、いつまでも止《や》みそうにない。

セムとハムは箱舟の屋根を閉じ、窓をすべて閉めきり、航海に備えてできるだけ準備を整えた。それでも半ダースほどの場所で雨もりがするので、そこらにある木切れで隙間をふさぐのに忙しい。

ノアは船室に座っている。目の前の机は書類やさまざまなもので覆われている。名前や数字が並ぶ長い表、鉛筆、コンパス、色つきのチョーク入りの箱、そしてきわめつきは大きな自然科学の本。ノアはこの本を読んでいる。だが、集中できない。なにやら心配そうだ。一〇回以上も席を立ち、窓辺に行っては、首をふり、席にもどる。

扉を叩く音がして、ヤフェトが船室に現れた。脇にはぶあつい巻紙をはさんでいる。

「それはなんだね？」ノアがたずねる。

「地図です」そういいながら、ヤフェトは巻いた紙をテーブルの上に広げる。まっさらの紙だ。一面、青く塗りつぶされている。

「地図か？　陸はどこかね？」ノアが紙をのぞきこみながら首をひねる。

「もうすぐ陸はなくなりますから」ヤフェトが説明する。

「そのとおりじゃ。それは思いつかなかった。そこの壁にかけておこう。さてと、おまえは屋根に上って、みんながやってくる気配があるか、見張っていておくれ」

ノアは座りなおし、本に集中しようとしたが、うまくいかない。気づくと、同じページを何度も読んでいる。たびたび窓辺に立ったが、降りしきる雨しか見えない。

すると突然、外で水しぶきとともにひゅーっと風を切る音がして、箱舟の脇になにかがぶつかる音が二回、響いた。ちょうどノアの足元のあたりだ。「おーい！」と、ノアは叫んだ。答えはない。セムとハムが箱舟の反対側の端で仕事をしている音しか聞こえない。ヤフェトは天井の垂木《たるき》に上り、見張り用の小窓から外をのぞいているはずだ。「あれは、たしかに、なにかがやってきた音じゃ」ノアはそう思いながら、甲板にでた。

なにも見えない。ノアはもう一度叫んだ。はて、下から返事が聞こえたような。ノアが手すりごしに身を乗りだし、視線を落とすと、そこには、泥のなかに並んで座り、ノアのほうを見あげる二匹の小さなフワコロ＝ドンがいた。長い旅とその唐突な終わりに目をまわしている。

「お願い。雨宿りしてもいいですか？」息をはずませ、一気に声をしぼりだす。

「むろんじゃ。縄を投げおろすから、つかむのだぞ！」ノアは力いっぱい叫ぶ。

フワコロ＝ドンは、やってみます、といい、ほどなく無事に甲板に到着した。

「ほかの動物たちもやってくるのを待っておるのだが、おまえたちがいちばん乗りじゃ。とちゅうでだれかを見かけなかったかね？」ノアがたずねた。

「はい、みんなもやってきます。丘のむこう側で別れたんです」

「そうか。では、すぐに船室にいくといい」そういって、ノアは上にむかって叫ぶ。

「ヤフェト、この二匹を船室につれていっておくれ。ほかの動物の姿は見えたかね？」

「一日中、カエルばっかりです」と、ヤフェトが答える。クモの巣にまみれ、暑そうだ。うれしそうにころがる二匹のフワコロ＝ドンを足元に従えながら、先に立って歩いていった。フワコロ＝ドン専用の船室はころがって出入りできるように、特設の斜めの道板《みちいた》が渡されている。そこに二匹が入ったのを見とどけてから、ヤフェトは屋根裏の見張り場所にもどった。

雨足は少し和らいだらしい。ときおり遠くの丘陵がちらっと姿を現したかと思うと、ふたたび横なぐりの雨のなかにかすんでしまう。雨が小降りになった瞬間、ヤフェトは丘の中腹になにか妙なものを見たような気がして、ふたたび目をこらした。見えた！　細長い、のたうつヘビのようで、低いほうの端は、はじめに見たときよりも丘を下って進んでいる。もう一度、視界がさえぎられた。ヤフェトはわくわくしながら待った。三度目に見えるまで、何世紀もの時間がすぎたように思えた。

今度は、疑いの余地はなかった。ヘビのようなものは、長い、長い動物の列だった。動物たちは二匹ずつ並んで歩き、ゆっくりと箱舟に近づいてくる。列は何マイルもの長さで、丘の斜面から頂上のむこう側までずっとつづき、列のしんがりはまだ見えてこない。その頭上に巨大な鳥の群れが、ぐるぐると輪を描きながら飛んでいる。ヤフェトが鳥たちに気づいたちょうどそのとき、鳥たちも箱舟を発見したらしい。鳥たちはうねるように進む動物の列を追いこして、箱舟にむかってまっすぐに飛んできた。

ヤフェトは見張り場所から大慌てでおり、ありったけの声で叫んだ。「やってきたぞ、やってきたぞ！」。セムとハムの耳にも、自分たちの金槌《かなづち》の音よりも大きく、その声がとどいた。ふたりは飛んできた。ノアも事務室から甲板に飛びだした。「そうじゃ、そうじゃ。ごらん、最初にやってくるのは鳥たちじゃ。セム、ハムといっしょに屋根を開けておくれ。そのままなかに入って、雨宿りできるようにな。ヤフェト、鳥の名簿を作って、屋根裏の止まり木を割りあてなさい。それから、動物用の道板を渡して固定しなくちゃならん。もたもたしとる暇はないぞ」

そのとおりだった。屋根を支柱に立てかけて開けたとたん、鳥たちがやってきた。チュッチュッ、チュンチュン、キーキー、ギャーギャー、カーカー、ポッポッ、ピューピュー、ピーピー。前代未聞の騒々しさだ。箱舟の屋根の上や、残っている木々に止まったが、それでも空中は鳥だらけだ。ワシやハチドリ、カモメやスズメ、カッコウやウソ、オウムやハクチョウ。この騒ぎではなにをいっても聞こえない。しかも、小さな鳥ほど大きな声をたてる。ノアは甲板の端まで行って、手を挙げた。すると、あたりはしんとなった。静けさを破ったのは、ノアの合図が見えなかった白バタンインコのけたたましい叫び声だけだ。バタンインコはふいにおとずれた沈黙のな

かで自分の声が響きわたったので、恥ずかしくなって顔を赤らめた。そして、生涯、薄紅色に染まったままだった。今日にいたるまで、バタンインコの子孫も薄紅色である。

「おまえたちが来てくれて、たいへんうれしい」ノアはやさしく語りかけた。「これから、種類別に呼ぶ。呼ばれたら、屋根の下にまっすぐ入って、ヤフェトに名乗りをあげるのじゃ。止まり木に案内してくれるからの。まず、いちばん体の小さいものからはじめる。早く雨宿りができるように」

すぐにハチドリが現れ、宝石箱をひっくりかえしたように箱舟の屋根のなかに入っていった。それにつづくはミソサザイ、シジュウカラ、フィンチ。つぎに、コマドリ、スズメ、セキセイインコ、ショウジョウコウカンチョウ。さらに、ハトやイエバト、ヤマウズラ、キジ、アヒル、ウミドリ、ガチョウ、ハクチョウ、ハゲワシ、ワシを経て、最後に伝説の巨鳥、ロックの番だ。

ノアはほっと安堵《あんど》の息をついた。鳥たちをなんとか落ちつかせ、それぞれの種類を呼びだし、しびれをきらした鳥をなだめて待たせるのはひと苦労だった。ヤフェトはどうしているのだろう。ノアがヤフェトのところに行こうとしたそのとき、首と足の長い、白黒模様の鳥が残っているのに気づいた。

「さあ、お行き。屋根を閉めるのでな」と、ノアはいった。

鳥はいばりくさってノアを見つめる。「あそこに飛びあがれとでも？」

「そりゃ、朝飯前だろうが。なんだったら、入り口を広めに開けてやってもいい」ノアはいいかえす。

「わたしは飛ばない」鳥はつっけんどんにいう。

「飛ばない？　なら、なぜ鳥の仲間なのじゃ？」

「わたしは鳥だ。だが、飛ばない」

「鳥だが、飛ばないとは！　それでは、止まり木に行きつかんぞ」ノアはすっかり困ってしまった。

「止まり木には止まらない。わたしはダチョウだ」木で鼻をくったような返事しかかえってこない。

ノアは匙《さじ》を投げた。「なら、すこし待っていなさい。ヤフェトに聞いてこよう」。そしてヤフェトにむかって叫んだ。「ヤフェト、ここにいる鳥じゃが、飛べないし、止まり木に止まらないそうじゃ」

「なんという鳥ですか？」ヤフェトがたずねる。

「たしか、ダチョウとかいっておったな」ノアはやや心もとない。

「ああそうか！　きっと動物たちより先に走ってきたんですね。動物とみなします。エミューとドードーの間の空いている船室に入れましょう」

こうしてダチョウの一件が片づくと、ノアはセムとハムに屋根を閉じるように命じ、ヤフェトを手伝いに行った。ヤフェトは鳥たちが入ってきたときに全員の名前をひかえることができず、いまになって聞きとるのに大忙しだ。ノアが手を貸しても、まだ半分ほどしか名前をひかえられない。そのとき、セムの声がした。「動物たちがやってきたぞ！」

「ほかは後まわしじゃ」と、ノアはいい残し、梯子《はしご》をおりていった。

5　動物の到着

甲板にでたノアとヤフェトを待ちうけていた光景といったら！　ふたりから一〇〇ヤードのところに、動物の長い列の先頭がある。動物の列は、巨大なヘビよろしくうねうねとつづき、平原を横切り、水かさがいつもの二倍にふくれあがった湖の端をかすめ、はるかな丘陵の雨や霞《かすみ》のなかにけぶり、端が見えない。この世界にこれほどたくさんの種類の動物がいるなどと、だれに想像できただろう。

ヤフェトは手すりから身を乗りだしてしばしうっとりと見とれていた。セムとハムが道板《みちいた》をゆわえつけて固定すると、まもなく動物たちがやってきた。ノアはやさしくほほえみながらみんなを迎え、二本の道板を指さした。小さな道板の横には、つぎの表示がある。

軽い動物専用。

重い動物の使用を禁じます。


大きな道板には、こう記されている。


大きな動物専用。

すみやかに渡ってください。


いちばん乗りは、賢い老ハゲコウノトリだ。ハゲコウノトリは、旗艦に乗りこむ提督のように、堂々と歩を進めた。

「ヤフェトがおまえたちの名前を名簿に書きこむからの。そのあと、まっすぐ船室に行って、よく体を乾かすのじゃよ」ノアはいう。サルがもったいぶって手伝いを申しでる。「いや、ありがたいのじゃが、まにあっておるのでの、おまえは船室に行っておくれ」と、ノアは答えた。

数分もすると、道板から箱舟の端の大きな扉にむかってゆっくりと進む動物たちで、甲板はあふれかえった。すばらしい光景だった！

黄色い毛並みの大きなライオン。ゆたかなたてがみに、房のついたしっぽ。たおやかなレイヨウ。目には恐怖の色をたたえ、角は奇妙なかたちにねじれている。グリズリー、茶色グマ、ホッキョクグマ、黒クマ。大きさやかたちや色のちがうあらゆるクマ。オオカミ、ジャッカル、そしてキツネ。キツネだけでも専用の箱舟がいるのではないかと思わせるほど、いろいろな種類がいる。つぎに、美しいトラ。ほかの動物たちとは離れ、誇らしそうに輝く毛並みをみせびらかしている。

つづいて、斑《まだら》模様のヒョウや巨大なピューマ。

こうした動物たちのほかに、だれも見たことがないが、名前は知っている動物たちがいる。一角獣、飛竜、ワシの頭と翼とライオンの胴体をもつグリフィン、そしてさらにめずらしい、鬚《ひげ》をたくわえたグローやウォンバジンの類だ。

ヤフェトはせわしげに鉛筆を動かし、扉のところで動物たちの名前を聞きとっていた。ほとんどの動物は見たことがあったし、本で読んで知っている動物もいた。だが、

なかには未知の動物もいて、名前を聞きだしてから名簿にのせ、船室の番号をいいわたさねばならなかった。

二匹の変てこな動物がやってきたときもそうだった。後足で歩き、脅《おび》えきっている。よく育ったウサギほどの大きさだが、憂いをふくんだ大きな目は子ウシそっくりだ。

「さてと、きみたちはなんだっけ?」ヤフェトはそういって、名簿に目を落とした。

「あの、それが、わからないんです」一匹の動物が声をつまらせる。

「さあさあ、怖がらなくていいんだよ。名前を知りたいだけなんだ」

「あの、それが、ないんです」といって、あわれな小動物たちは泣きくずれた。「名前がないんです」

「そうか、そりゃ弱ったな。名前がないと、船室をあげられなくってね。そうだ! 名前のかわりに番号で呼ぼう——船室の番号だ。七七番だから、ナナジュナナってことにしよう」

これには二匹ともすっかり元気づいた。涙をぬぐい、ヤフェトに礼をいうと、いそいそと船室を探しに行った。「ぼくらは、ナナジュナナ! ナナジュナナ!」と、ありったけの声でくりかえしながら。

すべてがうまい具合に進んでいた。この調子なら、一時間もすればみんなが乗船できるだろう。そうヤフェトが見当をつけた矢先のことだ。ふいにすべての流れが止まった。甲板になだれこむ動物の列がとだえて、大きい道板のふもとで、大騒ぎがはじまった。ヤフェトの耳に、だれかをどなりつけるハムの声がとどいた。ヤフェトが物音のするほうへ甲板を歩き、手すりごしに下をのぞくと、道板のまわりに大勢の動物がうごめいている。なにがおこったのか、はじめはわからなかった。

だれかが道をふさぎ、そのうしろの動物たちに怒られているらしい。「おい、そこ、ひじでつつくな!」「押すな!」「気をつけてよ!」「お願いだから、しっぽをどけてよ! 目に入るじゃない!」。ようやくヤフェトは状況がのみこめた。ゾウが道板のふもとに岩のごとく立ちはだかり、乗りこむのを拒み、びくともしない。すっかり動転している。ゾウがこうなると手に負えない。そのあいだ、ゾウの巨体の下には、最後の二匹のクリダーが、みんなの注目を集め、恥ずかしさにうち震えている。

「だめ、わたしの体重ではとても無理」と、ゾウは嘆く。「きっと壊れちゃうわ。絶対だめよ。もっと大きな板でなけりゃだめなのよ」ゾウは大きな耳をばたつかせ、まくしたてながら、道板からあとずさりする。背後の騒ぎが大きくなり、怒号が飛んだ。

「ほら、そこの図体のでっかいやつ、気をつけな！」「足を踏んづけないでよ！」。気の弱い動物たちは悲鳴をあげ、泥のなかのカメはだれかに踏んづけられ、気のいいペリカンに助けだされた。

万事休すと思われたそのとき、動物たちの群れが揺れうごき、カバがまわりを押しのけて現れた。

カバはいった。「おい、こら、なにを騒いでるんだか。おとなしく道板を渡りなよ、ちっちゃいやつらの前でみっともねえぞ。壊れちまうって？　そんなら、おいらとかあちゃんが乗って壊れなきゃ、おまえさんが乗っても大丈夫ってことよ。まちがいねえ。なあ、アンナ、さあ、見せてやろうじゃないか」。そしてほかの動物たちの声援に送られながら、カバとカバの妻が道板を渡り、箱舟に乗りこんだ。ゾウは二匹の後姿を見送ると、そのあとをそろりそろりとつま先だって渡った。ゾウの巨体の下で雨を避けながら、最後の二匹のクリダーも道板を渡った。二匹ともほっと胸をなでおろしている。

ほかの動物たちも、泥のなかの押しあいから一刻も早く抜けだしたいらしく、すぐにつづき、ふたたび順調に乗船しはじめた。ヤフェトはみんなの名前を聞きとるのがやっとだった。あまりの忙しさに、声をかけられるまで父親が隣にいるのに気づかなかった。

「ヤフェト、おかあさまを見かけなかったかね?」ノアがたずねた。

「いいえ。動物たちといっしょじゃないみたいです」ヤフェトはだれも見落とすまいと、顔をあげずに答えた。

「なら、おかあさまは乗っておられんのじゃな。案の定、まにあわん。なぜ、早く乗ってくれんのじゃ。この期《ご》に及んで家にしがみつくとは。おや、またなにかあったらしい」そういって、ノアは慌てて行ってしまった。甲板を行く動物がまばらになり、道板のあたりがにわかに騒々しい。ハムの怒号が聞こえる。「おまえはだめだ。乗せられないよ。魚なんだろ。とっととおりろ!」。すると、かすれたぜいぜいいう声がする。「おれは魚なんかじゃない。ほかのシカは入れたんだから、おれも入れてくれよ」

道板のふもとには、年寄りのアシカがいた。いらだって、鬚を逆立てている。ノアがその場に現れたときだった。のそのそと乗船しようとするアシカの前に、ハムがすばやく立ちはだかった。「さがれ! ほかの魚といっしょに泳ぐんだ」と、ハムが叫ぶ。これにアシカは激怒したらしい。それとも、ハムの足のあいだをくぐり抜けられると本気で思ったのだろうか。とにかく、アシカは突進した。ハムが叫んだ。ハムとアシカはもつれあい、手足やひれやしっぽをばたつかせながら、道板の上でぐらついたかと思うと、箱舟のまわりにできた大きな水たまりに落ちていった。盛大な水しぶきがあがった。

見守る動物たちは一瞬、しんとなったが、やがてどっと笑いがおこった。ノアでさえ、つられて笑いだした。先にわれにかえったのはアシカのほうだった。必死に身を起こそうとするハムを尻目に、アシカは大急ぎでひれをばたばたさせながら、動物たちのなかに消えていった。ハムが目や口から泥をぬぐって仕返しを思いつく暇もなかった。

泥だらけのハムに怪我《けが》がないのを見てとったノアは、ハムのかわりに動物たちをどんどん乗船させ、ヤフェトのもとへ送りこんだ。じっさい、時間がなかった。すでに夕方が近づき、闇が迫っている。空が重い黒雲に覆われ、月光が差すあてもない。

雨と寒さをしのぎたい一心の動物たちも協力的だった。模様の美しいレインコートを着たヘビたちでさえ、泥にまみれないように頭を持ちあげるのに嫌気がさしていた。

動作が遅い、怠惰なカメでさえ、さっさと乗船した。それでも、つぎつぎとあらたな動物が現れる。列のしんがりはなかなか見えない。闇が迫ると、視力の弱い動物は狭い道板を歩くのに苦労した。長旅の疲れで道板の端から水たまりに落ちた動物は、セムに助けだされた。

最後にひとかたまりの動物だけが残った。ネコやアナグマなどだ。闇のなかでも目がきくので、後まわしにされたのだ。彼らが一匹ずつ道板を通って乗船すると、ついに丘の斜面にだれもいなくなった。

最後の動物が箱舟の扉をくぐると、セムがいった。「やれやれ、終わったね」。そして闇にむかって叫んだ。「だれかいるかい？」。答えはない。

ほっとして扉のほうにむかうと、ハムがいった。「待てよ。だれかが来るんじゃないか？」。耳を澄ましても、雨音のせいでよく聞こえない。だが、あれは箱舟にむかってよたよたと丘を登る足音ではないか？　セムとハムは目をこらしたが、なにも見えない。ふいにぼちゃんと水に落ちる音がした。「落っこちたみたいだぜ」と、ハムはにやりとする。しばらくして、ふたたび足音がした。ぱしゃんと足を下ろす音、ぱかっと足を泥から抜く音。

箱舟がある窪地の端に、空を背にしてくっきりと、上下に揺れる頭が現れた。つぎに両肩、それから胴体。バランスを保とうと、両腕をときどき激しくふっている。「かあさんだ！」セムとハムは同時に叫び、くるりとむきなおり、ノアを探しに駆けだした。ノアは家を恋しがるナナジュナナを寝かしつけていた。「とうさん、かあさんが来ました！」と、ふたりは叫ぶ。

「やはりそうか！　おかあさまはまだ乗っておられなかったのじゃな？」ノアは答えた。

三人が甲板にもどると、ちょうどノア夫人が重い動物用の道板を渡っているところだった。泥まみれだ。「ほんとうにまあ、あなたたちはなにを考えているんだか。おかげでひどい目にあったわ」夫人はこぼす。

「わしらは動物たちを乗せるのにてんてこまいで、おまえのことを、つい――」

「わたしの部屋はどこなんです？　それとも動物といっしょに寝ろっていうんですか？」と、夫人がさえぎった。

ノアは肩を落とし、力なく答える。「こっちだよ、おまえ」。そして自分の事務室のむかい側の船室に案内した。

それでも一日の仕事はまだ終わっていなかった。ノアが事務室にもどるやいなや、扉を叩く音がした。

「どうぞお入り」と、ノアは疲れた声でいった。だれも現れない。「お入りなさい」と、ノアはくりかえす。それでもだれも現れない。「どうぞ、入って」と、前より大きな声でいう。

「い・ま・い・く・よ」のろい、だらだらした声がする。

ノアは顔をあげた。扉が開きかけているが、ひどくゆっくりなので、ほとんど動いていない。しばらくすると、むくんだ鼻づらが現れた。それから、鉤型《かぎがた》の変わった前足が現れ、悠然と空《くう》をつかんでから、床をまさぐり、爪をたてた。つぎに、もうひとつの前足がおなじような調子で現れた。

「もうすこし急いでくれんかね」疲れきったノアがいう。

「お・い・ら・だ・っ・て・で・き・る・だ・け・は・や・く・し・て・い・る・ん・だ」と、その動物はだらだらと答える。

戸口には、もじゃもじゃにからまった、色あせた茶色い毛皮が現れた。まだ体の半分しか見えない。ノアはしびれを切らしていった。「そのままでいいから、なにがほしいかいってごらん」

動物は前足をそろそろとあげ、少しずつ前に伸ばしながら、一瞬、考えた。どうやら手首の裏を使って歩行するらしい。ようやく口を開くと、のろのろという。「ね・る・ば・し・ょ・が・な・い・ん・だ」

「船室がないのかね?」と、ノアがたずねた。

「あ・る・け・ど・ね・る・ば・し・ょ・が・な・い・ん・だ」

「藁《わら》がたっぷりあるはずじゃが」

「お・い・ら・は・わ・ら・の・な・か・で・ね・な・い・ん・だ。ね・る・と・き・は・た・だ・し・い・む・き・で・ね・る・ん・だ」

「なら、壁にもたれて、立ったまま寝たらどうかね?」

「た・っ・た・ま・ま! お・い・ら・は・ぶ・ら・さ・が・っ・て・た・だ・し・い・む・き・で・ね・る・ん・だ」

「なにをいっておるんだか、さっぱりわからん。おまえのいうことは意味をなさんようじゃが、とにかく船室で待っていなさい。ヤフェトを呼ぶから」ノアはあきらめ顔で答えた。

しばらくしてノアはヤフェトにいった。「なんだかわからんのじゃが、古ぼけた絨《じゅう》毯《たん》みたいなものじゃ。動作がのろくて、見ているだけであくびがでる。あれじゃよ」。ちょうどそのとき、その動物がのそのそと通路をやってきた。

「ああ、ナマケモノですよ！　でも、乗船するのを見なかったな」と、ヤフェトがいった。

「わたし、見たわ」ゾウが船室から顔をのぞかせていう。「道板の下をつたって、下のほうの窓から入ったのよ。ほんとうに、むこうみずよね」

「ああ、そうか。いつも逆さまになってすごすんだったね」ヤフェトがいう。

「さ・か・さ・ま・っ・て・ど・う・い・う・こ・と？」ナマケモノはむっとしていいかえす。「と・に・か・く・こ・こ・じ・ゃ・ね・ら・れ・な・い・ん・だ。あ・た・ま・が・く・ら・く・ら・す・る」

「今夜はどうすればいいかな？　ぶらさがれるものがあるといいんだけど」ヤフェトがたずねた。

「わたしのタオルかけはどうかしら？」ゾウがおずおずと申しでる。

「それだ！」ノアとヤフェトが口をそろえて答えた。そしてふたりでタオルかけをナマケモノの船室に運びいれた。ナマケモノはタオルかけにゆっくりと上り、お気にいりのかっこうでぶらさがり、たちまち眠りについた。

そのあいだもほかの動物たちが静かに眠っていたわけではない。それどころか、あちこちでごたごたがおきていた。それが一匹、また一匹と眠りにつくと、ようやく静けさがおとずれた。クリダーたちは近くの船室の動物の眠りをさまたげ、もめごとをおこしていた。二匹だけで習性に倣って、横に並ぶのがむずかしいのだ。一匹が暖を求めてもう一匹の反対側にまわりこむと、もう一匹もそれにつづくので、クリダーの部屋からは、絶えずごそごそ音がする。その上、数分おきに孤独感に襲われ、わっと泣きだすので、通路ごしの船室で寝つこうとするフタコブラクダの怒りをかっていた。

ほかの場所でも熟睡した動物たちの大いびきがほかの動物に不評だったり、悪夢にうなされた臆病な動物が悲鳴をあげてほかの動物を起こしたりしていた。鳥たちも落ちつかなかった。発光ツノメドリたちがみんなをいらだたせていた。「光を消してくれ！」「こんなに明るくちゃ寝られやしない！」という非難の声があたりを飛びかった。一方、フクロウたちは明るくてなにも見えないとこぼした。気の毒なツノメドリたちは、まわりの期待に添いたくとも添えなかった。そこで、ノアのもとに鳥の代表がおとずれ、ノアはヤフェトの提案でツノメドリを動物の船室のあいだにある通路に間隔をおいて立たせた。すると、もってこいの常夜灯になった。

さまざまなもめごとが落ちつき、文句をいった生き物は、満足するか、少なくとも口をつぐんだ。ついに船上のすべての生き物は眠りに落ちた。

そのときだった。丘のふところに抱かれた洞窟の闇のなかから、醜いスカブがこっそりとやってきた。静まりかえったなか、乗船し、だれにも見とがめられないまま、空《から》の船室に忍びこみ、いちばん暗い隅に丸くなったのだ。

6　風呂と朝食

　翌朝、最初に起きたのはフタコブラクダだった。はじめ、どこにいるのか見当がつかなかった。あたりはまだ暗い。横たわっているのが砂地でないことだけはたしかだ。ひどく固く、体中がこわばって痛い。慌てて立ちあがると、ゴツン！　頭が船室の天井にあたった。もううんざりだ！　フタコブラクダは腹をたてた。蹴ったり鼻を鳴らしたりの騒ぎで、だれも寝るどころではなくなった。

「頼むよ、黙ってくれ」隣の船室のヒトコブラクダがはき捨てるようにいう。「まだ起きる時間じゃないぜ」

　だがひと騒ぎしたフタコブラクダはさらに気を悪くした。相手のせいだとばかりにヒトコブラクダにありったけの悪態をつき、あげくは間仕切りを思いきり蹴りつけた。

「ねえ、お願いだから静かにしてよ」少し先の船室から声がした。「ゾウがとても怖がっているのよ。きっと血迷って、いろいろなものを踏んづけちゃうから」。この注意は賢明だった。ゾウが血迷ってまわりのものを踏んづけはじめたら、みんなは逃げるしかない。

「メロンでもやって、体がでっかいんだから気をつけろっていってやれ」反対側の船室からカバがいった。大きい動物たちの船室は箱舟の一方の端にあり、中くらいの大きさの動物たちの船室は箱舟のまんなかに、小さい動物たちの船室はノアとその家族の部屋の近くの端にある。

「ばかいわないで」ふたたび声がした。「メロンなんてないのよ。箱舟に乗ってるんだから」

「おお、そうだった！　すっかり忘れとったわい。

　おいらは乗ってる、箱舟――

　きょうも、ゆかいに、遊ぶね！」

そういってカバは笑いころげる。どんなに下手くそでも、冗談をいっては自分で受けている。

「どっちみち、起きる時間や」ヤクがいう。起きているあいだは居眠りばかりするので、早起きが得意なのだ。「鳥の歌を聞いてみい」

　鳥たちはちっとも眠くなさそうだ。天井裏でおしゃべりをしているのが聞こえる。みんな、いっせいにさえずり、千ものちがったいい方で朝の挨拶を交わしている。フクロウだけが暗い片隅で眠ろうとしている。ほかの鳥はすっかり目がさめ、沈黙ですごした時間の埋めあわせとばかりに、元気いっぱいにさえずっている。

　もはや眠ることなどできない。怠け者で遅寝の動物たちでさえ眠れない。どの船室からも、ごそごそ起きだす音が聞こえてきた。がばっと起きあがり、身を震わせ、まばたきをして、準備万端という動物がいるかと思えば、まばゆい毛皮が自慢のトラのように、後足にはじまり、前足や耳のうしろのときにくい場所にいたるまで、入念な毛づくろいに精をだす動物もいた。

　通路の端には大きな風呂があった。朝食の前に水風呂を好む動物のためのものだ。朝食前の水風呂は、多くの動物のお気にいりだ。まもなく水しぶきをあげたり鼻や咽《の》喉《ど》を鳴らしたりする音と、はしゃいだ声が聞こえてきた。

「ちょっと、カバとカバのおかみさんがいっしょに入るのは困るよ」小さな水ネズミが苦しそうに抗議した。二匹が同時に入ったとき、あわや波に呑《の》みこまれそうだった。

「そこのちっちゃいのは、黙ってお行儀よくしてな」カバは大笑いし、ばしゃばしゃ泳ぎまわり、気の毒な水ネズミが見えなくなるほどしぶきをたてた。「おいらとかあちゃんは、いつだっていっしょに風呂に入ってきたんだ。これからもそのつもりさ。さあ、アンナ、いっしょにフワコロ＝ドンごっこをしようや」。そして二匹のカバは水のなかに横たわり、風呂の端から端までころがりはじめた。たがいにぶつかりあい、ころがりながら身を離し、ふたたびぶつかりあう。ほかの動物たちは腹を抱えた。慌てて風呂からでた小さな水ネズミも、迷惑をこうむったのを忘れ、不器用な二匹の遊びについつい大笑いした。もっとも、風呂のなかでフワコロ＝ドンごっこをするのは骨が折れる。読者のみなさんもお試しあれ。実感するだろう。さすがのカバと妻もすっかり息を切らせた。

「さあて、おまえらもやってみな」カバはいい放ち、妻とともに風呂からあがり、去っていった。二匹が通ったあとには水が小川のように船室までつづいている。

これを合図に、待っていた小動物がいっせいに飛びこみ、風呂を楽しんだ。水のかけっこをしたり、もぐっては、だれかの体の下でいきなり浮きあがったりして。

「おーい！　字が読めないの？」カワウソが叫び、風呂の片方の端にある看板を指さした。そこには「この水は飲料水ではありません」と書かれている。動物たちはみんな顔をあげた。だれにも気づかれずに、ゾウが鼻を水のなかに垂らし、風呂の脇に立っていた。鼻のなかには水がすごい勢いで音をたてて吸いこまれていく。止《や》めさせないと、風呂の水はあっというまになくなりそうだ。

「ゾウが風呂水を飲んでるぞう！　ゾウが風呂水を飲んでるぞう！」動物たちははやしたてる。

「飲んでいるんじゃないわ。お風呂をつかっているのよ」ゾウはいい張る。そして鼻を頭のうしろまでふりあげ、背中に水をかけた。

「そりゃ風呂じゃないよ！　こんなに水びたしにしちゃってさ。なんだってなかに入ってまともに風呂をつかわないのかい？　ぼくを見てよ」そういいながら、カワウソは上手に飛びこみ、もぐったまま風呂のなかをすばやく泳ぎ、ふいに方向転換し、脇腹を下にむきを変え、水面に顔をだした。ちっとも息を切らせていない。「風呂ってのは、こうやって入るのさ――きみみたいに、そこらじゅうにくしゃみをするんじゃなくて」

ゾウはすっかり感心した。

「なるほどねえ」そういって、なかに入りたそうに大きな足を風呂の縁におっかなびっくり載せた。そのとき、鐘の鳴る音がした。「あら、たいへん！　いったいなにかしら？」ゾウは驚き、不安げにあとずさりした。

「ただの鐘よ。どうってことないわ。弟もいつも首につけてたわ」と、雌ウシがいう。

カバの巨体が戸口に現れた。「みんな、来いよ。おマンマだぜ」

「なんのことかしら？」ゾウはほかの動物にたずねた。上品な育ちなので、そんな言い方は知らない。「あの鐘はどうしてあんなにうるさいの？」

「なに、朝ごはんさ。朝ごはんの時間だ。嫌ならおまえさんは遅れたっていいけどよ、おいらとアンナは、遅刻なんぞまっぴらさ」カバはうれしそうにほほえみ、妻を探しに行った。

数分もすると、動物たちはいそいそと大きな食堂に集まってきた。二日ぶりに食事にありつけると思うと、つい、顔がほころぶ。食堂の中央にはものすごく長い食卓がおかれ、両側にあらゆる大きさや高さの、何百もの席がある。それぞれの席には、名前が書かれた白い紙がおかれている。動物たちが扉をくぐると、セムとヤフェトが出迎え、席のありかを教え、なるべく静かに席につくように注意した。それでもけっこうなにぎやかさだ。自分の席が見つからず、ほかの動物の邪魔をする動物や、自分にぴったりと思われた席にわれ先に座り、席の主が現れると移動しなければならない動物もいた。みんな、ありったけの声をはりあげていた。なんでもないことにとり乱す動物もいた。

食卓の端の大きな椅子にはノアが座り、両脇にノア夫人、セム、ハム、そしてヤフェト用の椅子がおかれている。だれかが興奮したり、仲間を押したりどなったりすると、ノアが手を挙げていった。「もうすこし静かにしておくれ」「押さないでおくれ。そのほうが万事すみやかに運ぶのでの」。そのいい方がやさしく、慈父のようなので、行儀の悪い動物はたいていていいうことを聞き、おとなしく席につく。

「食卓のまんなかにある、あれは、なにかしら?」カンガルーがたずねた。席から席へと追い立てられ、すっかりわけがわからなくなったあげく、ようやく自分の席に座ったところだ。食卓の中央の、一フィートくらい高いところに、部屋の長さほどの長い棒が天井から鎖でつるされている。棒には何百もの小さなブリキの皿が固定されている。

「ほら、あのなんじゃらを作るものなのさ」サルはもったいぶっていった。「従兄弟《いとこ》のヤフェトが教えてくれたんだ。ぼくがはじめてここにお邪魔したときに、案内してくれてさ。くるっとひっくりかえすんだよ――」。ふいに風がおき、部屋中がはばたきでみたされた。両方の扉から鳥たちがなだれこみ、羽をばたつかせながら、カンガルーの関心をひいた棒に止まった。

「あら、止まり木じゃないの！　だったらそういってくれればいいのに」カンガルーは腑《ふ》に落ちない。

「だから、いまいおうとしてたら、邪魔が入ったのさ」サルはとりつくろう。「もっちろん、止まり木に決まってるさ。わからなかったの？」

カンガルーはとまどったものの、まもなく明るい表情にもどった。ものごとをじっくり考えるのは苦手だったし、もはやなにを話題にしていたのかを忘れている。「なにがでてくるのかしら？」と、食卓の端を見つめている。

ようやくみんなが席についた。たいていの動物がカンガルーとおなじことを考えているらしい。ノアの背後の扉が開くと、みんな急に口をつぐみ、期待にみちた顔でふりむいた。すっかり頬を上気させたノア夫人が、スープ用の大きな柄杓《ひしゃく》を持って入ってきた。そのうしろには、自分の背より高いブリキの皿の山を捧げもつハムがよろよろとつづき、セムとヤフェトがふたりがかりで蓋《ふた》つきの大きな青い深皿を運びいれた。深皿からはときどきかすかに湯気があがり、ほのかな匂いがする。読者のみなさんなら、それがオートミールの匂いだとわかっただろう。深皿は大きすぎて食卓におけないので、横の低い腰掛の上におろされた。

カバは大きな青い深皿をひと目見て、妻をつついた。「メロンだ!」。しゃがれ声でささやいたつもりだったが、その言葉は部屋中に響きわたった。カバはささやき声で話すのに慣れていない。「メロンだ! でっかい、みずみずしいメロン! なかがピンク色のやつ!」

「ぼくはイチゴがいいな」だれかが少し大きな声でいう。

「いや、モモがいい」だれかが叫び、「スモモ」「ブドウ」「パイナップル」と、みんなそれぞれの好みに応じて叫ぶ。

「ほんとうは木の実だよ。ヤフェトが教えてくれたんだ。いつも朝食は木の実だって」サルがしたり顔でいった。

「なら、あの湯気はなんなんだよ?」と、フタコブラクダが鋭く聞きかえす。なるほど、蓋から湯気がたちのぼっている。

サルは一瞬、困った顔をしたが、気をとりなおしてつづけた。「クリだよ、きっとクリだ。クリは調理するからね。ほら、見てごらん」。そのとき、セムが蓋をとると、湯気がもくもくと天井までとどいた。

動物たちはみんな心配そうに深皿を見つめた。あたりはしんとなった。

「ありゃメロンじゃないな」カバががっかりしていう。

「メロンだなんて、だれもいってねえ」フタコブラクダがいいかえした。内心、干草を期待していたのだ。「どっちみち、すぐにわかるぜ。見ろよ！　こっちに送られてくる」

ノア夫人がその食べ物を皿に盛り、ハムが動物たちに渡していた。「さあ、どんどん送って」と、ハムがいう。最初のひと皿はゆっくりと送られた。皿がやってくると、動物たちはそれぞれ匂いを嗅ぎ、首をかしげ、軽くくしゃみをしたりして、隣に手渡した。

「けったいなもんやな」ヤクがものうげにつぶやく。

「いったい、どうしたのかしら？」カンガルーが目を見開いてたずねた。

「こんなものは知らんのう、似かよったものすら覚えがない」ハゲコウノトリがこたえた。

「そのまま生えていたんじゃないわよね、きっとなにかあったんだわ」と、ゾウが思いつきを披露する。

「熟する前に、だれかに踏んづけられたんじゃないのかい?」メロンのことしか頭にないカバがいう。

「ちがうよ。みんなはずれさ。じつはね、鳥の餌なんだ。鳥って、こういうのを食べるからね」サルがいばりくさって、遠くから口をはさんだ。

「わたしたち、こんなものを食べたりしない」サルの言葉を耳にしたバタンインコが叫んだ。「こんなものは見たことがない。見る気もしない」そういって、憤慨してとさかを逆立てる。

「まあ、とにかく、ぼくたちには関係ないよね」と、サルはいい、皿を隣に手渡した。

みんながサルとおなじことをしたので、まもなく皿がテーブルの端まで送られ、さらに反対側に送られた。ところが、カンガルーのところまでくると、反対側から送られる皿とかちあった。カンガルーは両側から同時に二枚の皿を渡され、混乱し、熱い中身にさわって指に火傷《やけど》を負い、慌てふためいて皿を二枚ともテーブルの上にガチャンと落とした。両隣の動物たちは悪戯心《いたずら》をおこし、カンガルーの前に皿を山のように積みあげた。ノアがなにかおかしいのに気づいたときには、カンガルーの姿は皿の山の陰にすっかり隠れていた。

「そこ、いったいどうしたのかね?」ノアはたずねた。「なぜ、みんな朝食を食べないのかね?」。動物たちはぽかんとしている。「なんということじゃ! どうしたらよいのか、わからんのじゃな。説明したほうがよかろう」ノアは立ちあがり、これが朝食なのでさっさと食べるように、と手短に教えた。

「でも、なんなの? 鳥の餌かと思ったわ」カンガルーはそういいながら、とがめるような目つきでサルを見た。

「なに、オートミールじゃよ。体にいいし、たいへんおいしい」と、ノアが答えた。

この言葉に勇気づけられ、ほとんどの動物たちは皿に手を伸ばし、ひと口食べてみた。カバは、オートミールの味を知りたさに、自分と隣の動物の皿を一気に平らげた。そしてがっかりした顔でいう。「メロンには太刀打ちできねえな——ぜんぜんだめだ。でも、ないよりましか」

「うまく食べられないわ」ゾウがため息をつく。鼻で持ちあげ、口に運ぼうとして

も、うまくいかない。「飲むには濃すぎるし、つかむには薄すぎるのよ――。でも、そんなこと、どうでもいいのよね」そういって、悲しげに椅子の背にもたれかかる。

　動物たちは同感らしく、ひと口食べては皿を嫌そうに押しやっている。

「どうやら気にいらんらしい。どうしたものかのう？　べつのものにしたらよかったんじゃろうか。オートミールがうってつけだと思ったのじゃが――、場所をとらんし――、濡れても平気だし――、調理も簡単で、腹持ちもいい」ノアがいった。

「気にいらないですって？」ノア夫人がきっとなった。「まったく。それなら、気にいるようになることね――、えり好みをするなんて、生意気ですよ！　ありがたくお食べなさい」そういいながら、きょとんとしてこちらを見ているアライグマをにらみつけた。アライグマは大慌てで熱々のオートミールを飲みこみ、舌に火傷をして、両眼から涙があふれでた。

「まあ、かわいそうに！　熱すぎたのね。ハム、お水をとってきてちょうだい。ほら、これで楽になったでしょう？　よし、よし、よし」あわれに思ったノア夫人は、そういいながら、アライグマを抱きしめ、あやした。

　ノアはセムと話しこんでいる。「困ったことじゃ。どうしたらよいものか。オートミールが口にあわんとは、思いもよらなくてのう」

「でも、鳥たちは気にいったみたいですよ。せめてもの慰めじゃないですか」と、セムはいった。

この間、ヤフェトは肩からさげた袋から調理していないオートミールをとりだしては、せわしげに鳥の皿に盛り、やっとノアのいるテーブルの端までたどりついた。

「動物たちの口にあわんのじゃ」と、ノアは訴えた。

ヤフェトは手のつけられていない皿と、みんなのしょんぼりした顔を見まわし、突然、笑いだした。「当たり前だ」そういうと、ノアの背後の扉からでていき、すぐにもどってきた。小さな茶色い樽《たる》をころがしている。ノアはセムを、セムはハムを、ハムはノアを見つめた。

「トウミツだ！　トウミツを忘れたんだ！」三人はいっせいに叫んだ。

「男が家事をすると、これですからね」ノア夫人があきれる。

数分後、動物たちのようすが一変した。セムとハムが樽を開け、それぞれの皿の中央に光る茶色いトウミツを配って歩いたのだ。

「これならけっこういけるぜ」カバが満面に笑みをたたえていう。「こいつはメロンよりいいや。『メロンコリー』にひたってる場合じゃねえな」そういって、自分の冗談に大笑いした。

朝食は文句なく大成功だった。魔法にかけられたように苦情はぴたりと止《や》み、みんなトウミツで顔をべたつかせながら、うれしそうにオートミールをかきこんでいる。もっとも、ハリネズミの両隣のリスとウサギは、ハリネズミがひじを突きだして食べるとこぼした。針が刺さってかなわない。セムはハリネズミに食べ方を教えこもうとしたが、うまくいかない。二匹のカメのあいだに座らせ、好きなようにさせることにした。

ナマケモノは鳥の止まり木の端の突きでた部分に上り、逆さまで食べるといって聞かなかったが、だれも気にしなかった。

ただ一匹だけは、至福とは無縁だった。テーブルに濃い影がかかるところに、まわりの動物に遠巻きにされながら、醜いスカブが座っていた。忌まわしい唇から涎《よだれ》を垂らし、見苦しく食べちらかしていた。

7 船上の初日

ひどくのろまのナマケモノにいたるまで全員が食べ終わると、ノアは立ちあがり、まわりを見まわした。それに気づいた動物たちは、気づかなかった動物たちにむかって大げさにシーッと沈黙をうながし、気づかなかった動物たちは気づいたことを示すために、シーッといいかえした。それが一段落すると、ようやくみんな静かになってノアの言葉に耳を傾けた。

「みなさんが無事に乗船できたことを、それはうれしく思っておるのじゃよ」食卓についた動物たちにやさしくほほえみかけながら、ノアは話しはじめる。

「どういたしまして」カンガルーが曖昧《あいまい》にうなずきながら、愛想よくつぶやいた。

「みなさんにおおいにくつろいでもらいたい」ノアはつづける。

「そりゃ、そうするともよ」と、カバがいった。

「説明しておいたほうがよさそうなことを、少しばかりお話ししよう。そのほうが、ものごとが滞りなく運ぶのでな。毎朝、朝食のあとに、各自、船室を片づけてもらいたい。そして、なにか不満や提案があれば、わしの事務室に持ちこんでおくれ。空から落ちてくる水、つまり雨のことだが、この雨はまだしばらくつづくじゃろう。そのあいだ、甲板はあまり居心地がよくなかろう。そのかわり、食卓を壁にぴたりとよせれば、食事の合間にここで遊べる。食事のときに、大きい動物には手伝ってほしい。毎日、当番がだれだかわかるように、名前の表を貼りだすことにしよう。大きい動物は、足元に注意してほしい。小さい動物が大勢いるのだから。だれもがなるべく楽しくすごせるように、心がけておくれ。きっとできるね。わしは、みなさんを信じておる。ご清聴、ありがとう。わしからは、以上じゃ」

一同からわっと歓声があがった。ノアとその家族は食卓から立ちあがり、部屋をでていった。そのあと、たいへんな混乱がおきた。鳥たちや動物たちがいっせいに部屋をでていこうとする。あたりは羽をばたつかせる鳥だらけで、扉のところでは動物たちがごったがえしている。

小さい動物たちは、席についたままだ。大きい動物たちがすっかりでていくまで、待っているのが賢明だと悟ったのだ。ある小さなアマガエルをのぞいては。アマガエルは気づかれずにゾウの耳の下にもぐりこみ、巨大な天蓋《てんがい》のような耳の下でにんまりしながら、通りすがりに引っこみ思案な友人たちにむかって手をふり、無事に混乱のなかを運ばれていった。おかげでアマガエルは、長きにわたり蛮勇の代名詞になった。

その後、初日はあっというまにすぎていった。午前の大半が朝食に費やされたし、船室の片づけがまるで下手で、はなからきちんと片づける方法を教えこまれねばならない動物たちもいた。

「藁《わら》をこんなふうにすっかりひっくりかえして、空気にあてるんだよ。それから固まっているところを平らにするんだ。こんな感じにね」船室を見まわるヤフェトは数分ごとに説明をくりかえした。

ノアも不満を聞いてやったり、まちがいを正すのに大忙しだった。藁がいらないのに藁を与えられた動物もいれば、藁がぜんぜん足りないといい張る動物もいた。船室が大きすぎることもあれば小さすぎることもあった。数匹のヘビは木の枝にからまって眠りたいと訴え、トカゲは羽根布団がわりに石がほしいとねだった。ノアはなるべく動物たちの願いを聞きいれてやり、どんなに無理な要求にも辛抱づよく対応した。

「ご希望に添いたいのはやまやまじゃが、わしの力がおよばず、むずかしいようじゃのう。堪忍しておくれ。みんなで忍んで、なんとかやっていこうじゃないか」。ノアの慈父のようなやさしさに、不満を抱えていた動物もたいていは納得して帰っていった。

昨晩は闇に包まれていたうえにみんな疲れていたので、だれも箱舟のようすをまともに見ていなかった。きょうは箱舟を探検し、巨大な船内のすばらしさをこの目で見る絶好の機会だ。以前、ヤフェトに案内してもらったサルは得意顔だ。だれにたいしても案内役をかってでて、箱舟について、船室の大きさや数や、窓や屋根が開閉することについて、立て板に水とばかりにまくしたてるので、すなおな動物のなかには、サルがみずから建設にかかわったと信じこむものもいた。

窓に鼻づらを押しつけて心配そうに外を眺める動物も多い。雨は相変わらずのざあざあ降りで、あたりは寒々としてひどいありさまだ。外にでたがる動物は少ないし、雨という奇妙なものに慣れていないので、みんなおっかなびっくりだ。それでも、カワウソやカバのように、水のなかで長時間すごすのをつねとするつわものたちは、甲板にあがり、あたりを見まわした。景観は昨日と一変していた。昨日横切ったばかりの平原はなく、かわりに遠くの丘陵まで一面の水がつづく。水位は箱舟が停泊する丘

の中腹までひたひたとあがってきている。水面上にところどころ頭をもたげる木のてっぺんだけが、荒涼とした景観を和らげている。目に映る景色に度肝を抜かれて立ちつくす動物たちに、背後から真面目な声が響いた。「みなさんは危機一髪、まにあったのじゃ」。ふりむくと、ノアが物思いにふけり、船室の窓から外を眺めていた。

*

その夜、動物たちが寝つくとき、昨晩よりいくぶん騒ぎが少なかった。とはいえ、すべてが静まりかえっていたわけではない。これだけたくさんの動物がなんの混乱もなく眠りにつくことなど、期待できない。

ヤクは船室に入るなり、声を荒らげた。「だれがおれの藁をとったんや？　だれかがおれの藁をぜんぶとりおった。けさは大丈夫やったのに、おれみたいなでかいやつだけやない。かわいそうなクアッガ[1]の分《ぶん》かてないんやからな」そういうと、ものすごい形相であたりをにらんだ。怒り心頭に発していたので、むかい側のフタコブラクダの船室から聞こえる満足げな咀嚼《そしゃく》音を聞きのがした。フタコブラクダにとっては好都合というところか。いつも好奇心が強いキリンが、よりによってこのとき、ヤクと自分の船室をわける仕切りの上から首を突きだした。キリンには悪気はなかった。ヤクの藁がどれくらい減ったのかを知りたかったし、同情を示したかった。ところが激怒したヤクは、これぞ好機とばかりに、おとなしいキリンに食ってかかる。

「おれの船室からあほな頭をどかしてや」と、ヤクはどなる。「おれの船室に鼻づらをつっこまんといて。ノアにいいつけたるで。おれの藁を食うたのは、おまえやろ。しょうもない、ろくろっ首や」

キリンはやさしい目でとがめるようにヤクを見つめた。だが、相手をさらにいらだたせるだけだと悟り、首をひっこめ、ヤクがひとりでふてくされるに任せた。

鳥たちのあいだでは、夜遅くまで元気な鳥がめんどうをおこしていた。この鳥たちは、ほかの鳥といっしょに早々と寝かしつけられることに憤り、大騒ぎをしていた。そのせいで早寝の鳥たちは眠れない。眠れない鳥たちは、静かにして早く寝ろと大声で叫び、騒ぎをいっそうひどくしている。

しまいにノアが騒動を聞きつけ、みんなを落ちつかせようとやってきた。ノアは、

1　シマウマに似た哺乳動物。胴体の前部と頭だけに縞がある。南アフリカにいたが、絶滅。

箱舟にいる数千羽の鳥のうち、夜行性のものはわずかなのだから、大多数の鳥たちに譲るべきだと、おだやかにいい聞かせた。「忘れないでおくれ。ここでうまく折りあいをつけられなければ、外で寝ることになるが、外には寝る場所などわずかじゃ。まもなく、まったくなくなるのじゃよ」と、つけ加えて。これを聞いて、さすがの鳥たちも箱舟のありがたみをかみしめた。ノアがおやすみをいって自分の船室にもどるころには、騒ぎはすっかり収まっていた。

生き物たちは、一匹また一匹と眠りに落ちた。まもなく箱舟をみたす安らかな静けさを破るのは、大きな動物たちがたてる寝息だけになった。

8 箱舟の進水

　アカシカは目をさました。いましがた眠りについたばかりのように思えたが、実際には、眠りの浅いアカシカにしてはぐっすりと何時間か眠ったあとだった。あたりは静まりかえっている。だが、たしかに、なにかに起こされたのだ。アカシカは頭をもたげ、忍耐づよく耳を澄ます。あれだ！　また聞こえてくる。固いものが床の上をゆっくりとすべり、なにかにぶつかる音と、慌てて這いまわる音。それから、しばしの静寂。すると、ほら、また聞こえる！　あとをひく、ゆっくりとすべるような音、ぶつかる音、這いまわる音。いったいなんだ？　廊下の少し先の、小さい動物の船室近くから聞こえてくる。アカシカは不安をつのらせた。

「どうしたの？　だれなの？」アカシカは強くささやいた。

「ごめんよ。でも、どうしようもないんだ」疲れた声がかえってくる。

「どうしようもなくないでしょうが。ひとを起こしておいて。あなた、だれなのよ?」アカシカはほっとしていいかえす。

答えのかわりにかえってきたのは、例の音だ。「まったく。もう四回目だ」という声がした。

アカシカはその声に覚えがあった。カメだ。「いったいどうしたのよ?」神経が高ぶったアカシカは大きな声でいう。

「床がどうかしてるんだ。だから、寝床からすべりだしちゃうんだ」カメは憤慨する。「それに、寝床にもどっても、すぐにまた――」と、カメの奥さんが嘆く。だが、そのあとの言葉は、二匹が船室の床をすべって仕切りにぶちあたる音でかき消された。

そうこうしているうちに、数匹の動物が目をさました。「どうしたんだ?」「だれが音をたててるの?」「なにがあったの?」という叫び声が、あちこちから聞こえてきた。

アカシカは慌てて立ちあがろうとしたが、暗闇のなかで足をすべらせた。なんとかころばずにすんだのは仕切りのおかげだ。

「なにかがおかしいわ。床がすっかり歪んでいるの」アカシカはそう叫び、頭を扉の隙間から突きだし、なにがおこったのかをたしかめようとした。

箱舟のもうひとつの端ではフワコロ＝ドンたちが船室で目をさまし、アカシカと同様、なにがあったのかをたしかめようと、扉から顔をのぞかせた。

突然、ふたつの叫び声が響き、間髪をいれずに音がした。フワ＝ドン、フワコロ＝ドン、フワコロ＝ドンコ、フワコロ＝ドンコロ。アカシカが頭を少しひっこめるなり、なにかが通りすぎていく風を鼻づらに感じた。そのとき、反対側にいる発光ツノメドリがボウリングのピンよろしく、なにかにひっくりかえされた。

いまや、全員が目をさまし、船室の扉から心配そうに外をのぞいている。廊下は真っ暗だ。発光ツノメドリたちが座っているあたりだけは、ツノメドリたちから発せられるガラスごしの常夜灯のような明かりに、ほんのりと照らされている。一羽のツノメドリだけが、その場でふらふらとまわっている。廊下の先のほうでは、大きなネコ族、つまりヒョウやピューマやライオンたちの緑色の目が、闇のなかでエメラルドのように光り輝いている。この動物たちは夜目がきくので、ほかの動物になにがおこったのかを知らせた。

「フワコロ＝ドンだ。廊下が斜めだから、下までころがって、もどれなくなったんだ。

箱舟がすっかり傾いてるぞ」ネコ族は口々にいった。

　すると、あたふたともがく足音や、前足をひきずったりすべったりする音や、ぶつかったりころんだりする音がした。驚いた動物たちがいっせいに立ちあがろうとしている。

　うろたえた吠え声や金切り声や唸り声が響き、全員がパニック寸前だ。

「まあ、たいへん！　たいへん！　立てないのよ。どうしたらいいのかしら？」ゾウがけたたましく鼻を鳴らした。

「そりゃ、座ればいいさ。おまえさん、座りはすこぶるいいだろうが」カバの声がした。カバはいつものようにうまい冗談をいった気になり、大笑いをしている。

　神経質な動物たちにはカバの元気で下品な声が心づよかった。そのとき、廊下のいちばん手前の扉が開き、カンテラを手にしたノアが現れた。みんなはすぐに静まった。ノアの言葉を心待ちにしている。静けさのなかで、鳥たちが二階上の屋根裏の傾いた止まり木で必死にバランスを保とうと、かん高く叫びながら羽をばたつかせているのが聞こえてくる。

　ノアは片手を壁について体勢を整えた。あたりがもう少し明るかったら、さすがに心配の色がにじんでいるのがわかっただろう。それでもノアは、いつものおだやかさで動物たちに語りかけた。ノアが話しだす前から、姿を見ただけで恐怖が収まった動物もいた。

「なんでもない。みなさんは安心していて大丈夫じゃ。なに、じつは浮かぼうとしとるところなのじゃ」と、ノアはいう。

「いま、なにをするところだっていったの?」カンガルーがたずねた。

ノアが答えるまもなく、サルが口をはさむ。「聞こえなかったのかい? ノアは、じつはボートだっていったんだ。そうだよね。箱舟はボートだもんね」そういって、サルは得意げに口をつぐんだ。

「まもなく浮かぼうとしとるといったのじゃ。もうすぐ箱舟が進水するという意味じゃ」ノアは静かに説明する。

「だから、下手なんだね、浮かぼうとしてるから。これまで水に浮かんだことがなければ、はじめからまっすぐ浮かべるわけがないもんね」カワウソがつけ加えた。カワウソは泳いだり水に浮かんだりについては物知りなので、ほかの動物たちはこの発言に一目おいた。

「でも、それなら、ぼくが泳ぎを習ったときみたいに、だんだんうまくなるはずだよね。だけど、どんどん下手になっていくじゃない」頭がまわるイタチがいう。

「ろくでもない箱舟だ」フタコブラクダが切って捨てる。コブのせいか、消化不良に悩まされていたせいか定かではないが、不平は決まってフタコブラクダから発せられる。もしノアに不平が聞こえたらどんなに傷つくだろうと、想像する能力は持ちあわせていない。さいわいなことに、ノアはちょうどその場に現れたセムと話すのに夢中で、聞いていなかった。

「思いあたることといえば、あっちの端が泥に埋まっておることくらいじゃ。それなら、いつなんどき、泥から抜けて浮かびあがってもふしぎはないのじゃが」と、ノアがいぶかった。

「とっくにそうなっていてもおかしくないのですが。いま、ハムが下で、水の深さを見にいっています」セムが答えた。

とたんにハムのがっしりした姿が現れた。両側の扉につかまりながら、斜めにかしいだ廊下をやってくる。いかにも心配そうだ。「なんで浮かばないんだろう？　あっちのほうでは水が甲板にあふれかかってるっていうのに。水位があと六インチあがれば、水浸しだ」

「こっち側では、充分、浮かんでいるようじゃが」と、ノアはいう。ハムは叫ぶ。「充分なんてもんじゃない。こっち側は、空中にすっかり突きでてるんだ。水面から二〇フィートもあがってる」

ふいに背後の扉が開き、ヤフェトがやってきて、興奮した面持ちで話しだす。「わかった！　すぐになんとかしなくちゃ。片端に大きい動物がまとまっているから——」。だが、もはや万事休すと思われた。ヤフェトの言葉は、端の船室にいるゾウの恐怖の叫びにかき消された。「船室の窓から水が入ってくるわ！　みんな溺れちゃうのよ。たいへんよ！　たいへんよ！」。とたんにゾウが船室から飛びだしてきた。「助けて！　助けて！」とわめきたてながら、ノアたちにむかって突進してきた。

ゾウの動転ぶりにつられ、ヤクやバイソンをはじめ、大きな動物たちがあとにつづいた。小さな動物たちは、恐怖に震えながらも、廊下で踏みつぶされるよりは、船室で溺れるほうがまし、と賢明にも決めこんだ。

ノアは息子たちを事務室にひきいれた。気がたったゾウたちの突進が箱舟の端に達したら、いったいどうなるだろう？　恐ろしい事故が避けられそうにない。ところが、もはやこれまで、と思われたその瞬間、意外なことがおこった。

ゾウに踏みつぶされるのを恐れた発光ツノメドリたちは先に飛んでいったが、廊下の端まで追いつめられ、両脇の船室に飛びこんだ。にわかに闇のなかに残されたゾウは、急ブレーキをかけ、背後の動物たちが押すのをものともせず、廊下の端からわずか三ヤードのところで、身震いしたり鼻を鳴らしたりしながら、立ちつくした。

しばらく間をおいて、ノアがかすかに震える声でいった。「やれ助かった。ありがたいことじゃ」

「ほら！　ぼくたちがやろうとしていたとおりになったよ。まっすぐになったんだ」

と、ヤフェトが叫ぶ。

そのとおりだった。箱舟は水平を保って浮かんでいる。みずからの動きでたてた波にあわせて、わずかに上下に揺れながら。重い動物たちが片端にいたままでは、箱舟が水平に浮かぶはずはなかった。それどころか、浮かぶことすらままならなかった。ところが、おろかなゾウとゾウにつき従う動物たちは、知らずして必要なことをなしとげたのだ。

ハムは怒りを抑えられず、大またで歩みでて、どなった。「この、図体ばかりでか

い、大ばか者めが！　なんだって、そんなふうに突進するんだ！　あと一ヤードで端をつき抜けてたぞ。えらいことになるところだったんだ。全員、座れ。おれがいいっていうまで、そこを動くんじゃない」

そのあいだ、ノア、セム、そしてヤフェトは事務室からでて、額をよせあっていた。

「なぜこんなへまをやらかしたのか、わからんのう。当然、重い動物たちを均等に配置するべきじゃった。ただ、仲間といっしょのほうが気が楽かと思ってのう」と、ノアはため息をついた。

「まあともかく、重い動物たちを何頭かこっちに移動させましょう。まずは、ゾウに端に移るようにいってきます」セムがてきぱきといった。

数秒後、ノアたちはゾウのとめどない大笑いに驚かされた。ゾウは気が抜けたように廊下の端の壁によりかかり、笑ったり泣いたりしていた。一夜のできごとですっかり神経をやられ、ひどい発作をおこしている。

「ああたいへん！　ここがわたしの船室なの？」ゾウはぐしょぐしょに濡れた顔で、牙からも涙を滴《したた》らせながらあえいでいる。ゾウが指さす先の船室はマッチ箱大で、そのなかにはゴキブリが丸まってぐっすり眠っている。「端の船室だっていったわよね？」と、ゾウはあえぐ。仰むけにころがり、脇腹を鼻と足で押さえながら、嗚咽《おえつ》と笑いで息をつまらせている。

「おやおや、これはいかん。朝いちばんに仕事にとりかかり、船室を直さなければ」と、ノアはいった。

「いますぐ始めましょう。もうあたりは明るいんだし」セムが口をはさんだ。窓の外を見やると、もはや夜が明けている。

「そうじゃな」ノアは、夜中に大暴れし、いまや恥ずかしそうに廊下にうずくまる動物たちにむきなおっていった。「上に行って、邪魔にならんようにしなさい。じゃが、箱舟のこちら側の端にいるようにするんじゃよ」

「ゾウはここで重いものを運ぶのを手伝ってくれ」と、セムがいった。

ハムが道具を両腕いっぱいに抱えて現れた。「おれはカンガルーに手伝ってほしい。道具入れにぴったりだ」そういいながら、カンガルーの袋に釘や螺旋《ねじ》や鑿《のみ》から槌《つち》や荒鉋《あらかんな》にいたるまで、道具をつめこんだ。カンガルーは二、三回、憤然として口を開きかけたが、なにもいわないほうが得策だと観念した。

その日の大半は、船室の修繕に費やされた。とはいえ、朝食のあと、ノアたちは時間をかけて話しあった。ハムが「重量級」と名づけた動物たちが箱舟の一方の端に集まらないようにするには、どんな規則を定めたらいいのか。「重量級」をふたつの班にわけ、両方の班が同時におなじ端にいることを禁じる以外、打つ手はないように思われた。「じゃが、そうすると、もう一方の班にいる友だちとまったく会えなくなることもあろう。それに風呂の時間がめんどうじゃ」と、思いやりのあるノアがいった。

しまいに、全員に注意をはらうようにいいわたし、箱舟の片端がかしいでいるのに気づいたら、反対の端に移動することを徹底することになった。この案は、実際、たいへんうまくいった。とりわけフワコロ＝ドンたちは、箱舟の傾きに気づくのが敏《さと》かった。

「もうひとつ決めねばならん。箱舟の航法のことじゃ」ノアがいった。

「それってなんのこと？」ハムがたずねた。

「なに、航海したり、操縦したりじゃ」そうノアが答える。

「とても役だつものがあるよ」と、いいながら、ヤフェトは引き出しから小さな木切れをとりだし、誇らしげに一同に見せた。「進む方向を知りたくなるかなと思って。もう太陽も星も見えないとなるとね」ヤフェトは大真面目だ。「コケはつねに木の北側に生えることが知られているから、この木切れを見て、コケの生えた側を観察することで、いつでも方向がわかるってわけさ」

「なるほど。よい考えじゃ。これを甲板に持っていき、操縦に使うとしよう」ノアはうれしそうだ。

「どうやって操縦するんだ？」ふたたびハムがたずねた。

セムはぽかんとして父親と顔を見あわせた。「舵《かじ》を作っていませんでしたね」

「それはたいへんじゃ！　いったいなんで気がつかなかったのじゃろう？」ノアが叫ぶ。

「どこに置くのさ？」ハムがたずねた。

「もちろん、船尾だよ」と、セムが答える。

「どこさ？」頭は鈍いが理解しようと努力を惜しまぬハムが聞いた。

「船のうしろじゃ――」ノアはいいかけ、口ごもる。「いったいどっちがうしろなのじゃ？　どっちの端もおなじだからのう。思いもよらぬことじゃ」

「どっちでもかまわないんじゃない？　帆や馬で動かすわけじゃないんだし」と、ヤフェトがいった。

「それもそうじゃ」ノアは晴れやかな顔になった。「では、気にせんことにしよう」

夜の帳《とばり》につつまれる直前、ヤフェトは名簿を手に、船室の変更を記しに箱舟の底におりていった。動物の名前と船室の番号を照らしあわせていたとき、名前の記されていない船室にやってきた。そして影のなかにうずくまり、視線をあわせようとせずにこちらのようすをうかがう一匹の獣を目にした。ヤフェトはその獣を知らなかった。

9　スカブの物語

さて、ここでスカブの物語をお話ししよう。箱舟に乗りあわせている最長老の動物の脳裏に、かすかな記憶として生きつづける物語だ。だが、底なしの恐怖を呼びさます主人公の名前は、決して明かされることがない。無邪気なものへの警告として以外は。そのときでさえ、語り手は顔をそむけ、息をのむ。はるかむかしの物語ゆえ、詳細は失われ、身の毛もよだつ恐怖だけが記憶に残されている。この物語がいまこそ語られるべき時だろう。

いにしえの日、スカブはほかの獣となんら変わらなかった。しあわせな、元気あふれる若者で、陽光のもとで日向《ひなた》ぼっこし、満月のもとで屈託なく戯れた。ある日、うたた寝をしていると、生の喜びにみちて跳ねまわるウサギがやってきた。通り道にスカブが寝ているのを見つけ、ウサギはスカブの首を跳びこえようとした。その瞬間、スカブが目を開けた。目ざめの混乱のなかで、なにものかが自分にむかって空から舞いおりてくるのを見て嚙みついた。かぼそい悲鳴。スカブは口のなかで小さなウサギを感じた。ウサギは背骨が折れて息絶え、スカブの唇は、生まれてはじめて血を味わった。スカブは一瞬、ためらった。その一瞬に、うちにあったすべての悪が洪水のようにスカブに襲いかかった。やましい顔つきであたりを見まわしながら、小さな体に食らいつき、おぞましく唸りながら、食いつくした。

恐ろしい食事が終わったとたん、スカブがいる林のなかの空き地に、一匹のウサギが跳ねてきた。あわれな小さな犠牲者の妹だ。

「あのう、見かけなかった……？」ウサギの妹はいいかけたが、すさまじい勢いでにらむスカブの目の色に驚き、口をつぐんだ。

ウサギの妹は恐怖のあまり凍りつき、立ちすくんだ。忌まわしいスカブは、血に染まった顎《あご》と震える唇で、近くに、さらに近くに忍びよる。小さな空き地には、骨が砕かれ、毛皮が裂かれるおぞましい音がふたたび響きわたった。

みずからのおこないとその結果の重大さを、スカブはすぐにはまともに認識できなかった。罪の意識が抜けると、野原で戯れる動物たちの仲間に入った。だが、なぜ、かつてのように、仲間の視線をまっすぐに受けとめられないのか？　近よると相手が縮みあがって自分を避けるのは、自分のいかなる性向によるものか？　自分を裏切る唇の震えか？　それとも、隠しても目に表れるおぞましい秘密の片鱗か？　まもなくスカブは動物たちのもとを去って、果樹の林にむかった。ところがこれまで好物だったみごとな果実を口にしても、なんの喜びも見いだせない。熟した、果汁滴《したた》るモモを選んだとて、砂を嚙むように味気ない。芳醇《ほうじゅん》な洋ナシもしかり、選りすぐりのプラムもしかり。

その日を境に、スカブの生活は様変わりする。光を憎むようになり、陽光降りそそぐ平原を離れ、丘陵地帯の暗い洞穴に住みつく。そこでは欲してやまぬ食べ物に近いものが手に入る。岩のあいだの湿って腐った場所に生える、血のように赤い、肉厚のキノコだ。出どころは定かではないが、まもなくスカブの行状についての噂がたち、獣たちのあいだに広まった。やがて、スカブの名前は忌まわしいものとして語られ、そのうち、だれもその名を口にもしなくなった。

見よ、スカブを。その体に注目せよ。醜く変わりはてた体は、これまでの生活を証《あかし》する。かつて目もあやな緑色に輝いていたスカブの体は、いまや色あせ、病的な淡黄色だ。住処《すみか》の近くのじくじくと湿ったキノコさながらに。かつてしなやかで力づよく、日差しを浴びて跳ねまわっていたその体は、長年の不潔な生活のせいで、干からび、弛《たる》んでいる。かつて誇らしげに高く掲げられた頭は、いまや縮んだ首に支えられ、地につかんばかりにうなだれ、あたりを見まわすときは、絶えず左右に揺れる。それでも、スカブの顔の邪悪さの前では、これらすべてはなんでもない。日の光をまともに見られぬ大きな淡い色の目は、充分に見開かれることなく、厚いまぶたに覆われている。悪夢の目。だれのこともまっすぐ見ようとしないのに、つねに待ちかまえ、横目でにらみ、ほくそえむ。口は大きくてしまりがなく、薄い唇はのたうったりぴくついたりして、涎《よだれ》を滴らせる。上唇には、震えの止まらぬ二本の厚ぼったい触角が垂れさがっている。

これがスカブである。いま、箱舟のもっとも暗い船室のもっとも暗い隅にうずくまるスカブが、ヤフェトの目にとまったのだ。

「やあ。これまで会ったことがないよね?」ヤフェトはいった。

「たぶんないでしょうね」スカブはおもねるように答える。

「それはどうして?」と、ヤフェトがたずねた。

「乗船した時間が、かなり遅かったものですから、みなさんをお騒がせしたくなくて、つい」スカブは精いっぱい感じよくしようと努める。それがかえっておぞましい。

「名前はなんていうの？」

「スカブと呼ばれています」

「ぜんぜん聞いたことがないなあ」ヤフェトは当惑ぎみだ。「きみの名前はぼくの自然史の本には載っていないんじゃないかな」

「おそらく載っていないでしょう。それも、わたしが丘陵に住んでいまして、めったに出歩かないせいでしょう。ここでのごったがえした生活は、たいへんに苦痛でして」と、スカブは説明する。

「まあ、いいけどね。でも、だれかに声をかけてほしかったな。食事はどうしていたのかい？　食堂では見かけなかったけど」

「勝手ながら、空いている席に座らせていただきまして」スカブはへつらうようなほほえみを浮かべる。「明るい光で目がやられますのでね、失礼を顧みず、なるべくうす暗い席を選ばせていただきまして」

「ああ、そうなの。わかった」ヤフェトはいってノアを探しに行った。「とうさん、ぜんぜん知らない動物がもう一匹乗っているのを見つけました。見かけはぞっとするんだけど、行儀はいいです。ちょっとわざとらしいけど。なにかいわれるたびに、ぼく、背中がぞわぞわしちゃいました。スカブっていうんだけど、聞いたことありますか？」

「スカブ？　はて、思いだしてみよう」ノアは首をひねる。「そのような名前の獣のことを、父から聞いたような。いったい、どんなことじゃったかな？　なにか善からぬことだったように思うが。それはともあれ、息子よ、だれにたいしても、悪しき思いを抱かぬようにしよう。すべてははるかむかしのことじゃ。船室を与えてやったかね？」

かくてスカブは箱舟に受けいれられた。乗船しているもののなかで、スカブのことに気づいたのは、ただひとり賢い老ハゲコウノトリだけだった。「いいかね、あれは悪しき獣じゃ。あれを受けいれて、善いことがあろうはずがない。おやじがいったことを思いだせればのう。おやじはあれに気をつけろと忠告してくれたのじゃが」と、ハゲコウノトリは年寄りの黒クマにいった。

「うん！」と、年寄りの黒クマは唸った。

10　夜の騒動

箱舟の第三夜は好調にすべりだした。騒ぎは下火になり、全員が気持ちよく落ちついたようにみえた。箱舟の外にはさざ波が打ちよせ、おだやかな音をたてている。眠りに落ちるときに耳にするのは心地よい音だ。

突然、水しぶきがあがる音と、「助けて！　助けて！」と叫ぶ声で静けさは破られた。ぶくぶくと泡だつような、息がつまったような、ふしぎな声。

扉がつぎつぎと勢いよく開き、船室の住人たちが廊下に走りでて、大騒ぎになった。弱々しい叫び声は、すっかりかき消された。だれもが走りまわり、ほかの動物につまずいてはひっくりかえり、なにが原因なのか、どこで問題が発生しているのかを探そうとする。もとよりおぼろな光しか発しない発光ツノメドリたちは、頼りになる常夜灯として持ち場につくかわりに、すっかりとり乱してそこらを飛びまわり、混乱をさらに悪化させている。

金切り声がした。「あら嫌だ！　足がびしょ濡れだわ！　この扉のむこうよ――ほら、ここ！」。大急ぎで扉が開けられた。すると、水しぶきの音が大きくなり、「助けて！」という、か細い声がふたたび聞こえてくる。

二〇匹ほどの動物が鼻づらをつっこんだ。でも、大騒ぎのただなかでツノメドリたちがみんな脇に押しやられたため、そこは真っ暗だった。

「明かりを持ってこい！」と、先頭の動物たちはどなり、「なんなの？」「なにか見える？」と、うしろの動物たちは騒いだ。そのあいだ、闇のなかで泡だつ音は刻々と大きくなり、助けを求める声は小さくなっていく。

すると外の廊下でカンテラの光がちらちらと見え、セムとハムがごったがえしている動物たちをかきわけてやってきた。

目にしたのは奇妙な光景だった。船室の床からほとんど天井まで、噴水のように水が噴きでており、そのてっぺんに、しっかりと体を丸めたネムリネズミが、移動遊園地のピンポン玉のようにくるくるとまわっている。

なにがおこったのかはたやすく想像がついた。船室に隙間風が入るのを気にしたおろかなネムリネズミが、床をかじって居心地のよい穴を開けようと思いたち、暇に飽かせて作業していたのだ。ちょうどうまい具合に深くなったとたん、ふいに水が噴きでた。なにがなんだかわからぬまま、ネムリネズミは空中高くほうりあげられ、なすすべもなくまわりつづけたというわけだ。

いきなり穴を足でふさごうとするハムを、セムは押しとどめた。ネムリネズミにとっては幸運なことに。急に水がひけば、ネムリネズミは落ちる勢いで首の骨を折りかねない。ハムにカンテラを持たせたセムは、穴の上に足をすべらせると同時に、両手でネムリネズミをうまく受けとめ、無事に床におろした。

ネムリネズミはびしょ濡れで、すっかり目をまわしていた。立てないほど疲れきっているのに、ふらふらと小さな円を描きながら、とんぼがえりをつづけている。歯を鳴らし、鬚《ひげ》からしっぽまで全身が震えている。

「かあさんのところに連れていったほうがよさそうだ。このままじゃ、凍え死んでしまうからな。まったくおばかさんだ。ハム、ぼくが連れていくから、穴をふさいでおいてくれ。ほら、ほかの動物は、さっさと寝るんだ」セムがいった。

例によってノア夫人はかんかんだった。夜中にたたき起こされたので、無理もない。

それでも、あわれなネムリネズミをフランネルの布でくるんで火の前に寝かせ、ミルクを温めてやった。それから膝の上に抱いてミルクを飲ませ、介抱した。ノア夫人は、見かけは怖いが、その実、すこぶる気風《きっぷ》がいい。

旅のあいだ、いつもこんなふうだった。ノア夫人はだれよりも怒りっぽかったが、病人や怪我《けが》人がでると、怒りはどこかへ吹き飛び、温かく、親身になってやる。せっせと患者の世話をやき、かわいがり、甘やかす。

*

ひとたびみんなが落ちつくと、箱舟の生活は順調だった。朝起きて最初に聞く音と、夜寝るときに最後に聞く音は、屋根に雨が落ちるとどろきだった。そのうち、動物たちはこの音に慣れっこになり、動じなくなっていった。一日でいちばんの楽しみは、朝、外を見て、夜のあいだにどれくらい水位があがったかをたしかめることかもしれない。風が凪《な》いでいるので、箱舟はいまだに建てられた丘のそばに浮かんだままだ。水面下で船体に木の枝がこすれる音が頻繁に聞こえた。

来る日も来る日も、箱舟の位置はあがりつづけ、二週間足らずで木々の頭を超し、ヒースで覆われたむきだしの丘の斜面と並んだ。このころを最後に、箱舟まで行進したとき、動物たちが横切った平原のむこうの丘陵のふもとが視界から消えた。これまでおこったどんなことよりもこの事実が、洪水の巨大な規模と孤立感とを動物たちに思いしらせた。一週間前は丘陵だったところが、いまや目のとどくかぎりの水なのだ。遠くを見とおすワシの目にもおなじ光景が映った。残る陸地は、箱舟の脇にある山の頂上だけだ。これが毎日、少しずつ見えなくなっていくと、動物たちの元気も失せていった。大食堂で目隠し遊びやカタツムリ探しに興じるのは悪くないが、何週間も毎日そればかりというわけにはいかない。

やりたいこともやれず、気晴らしにも飽き、鈍色《にびいろ》の土砂降りの雨に滅入《めい》った動物たちは、やがて考えはじめた。いったいしまいにどうなるのだろう？　太陽がふたたび輝く日はくるのか？　それとも生涯、箱舟に閉じこめられてすごすのか？　これまで雨が降ったことがなかったので、ひとたび降りはじめると、降りやむ理由がないように思われた。ただひとり、ノアだけは雨が止《や》むことを確信していた。動物たちを元気づけようと、ヤフェトはこういい聞かせるのだった。ノアが雨のはじまりを知っていた唯一のひとなのだから、雨の終わりも知っているのは当然じゃないか？

箱舟の動物たちのなかでいちばん平然としていたのは、スカブかもしれない。太陽がなくても苦にならなかったし、箱舟の窮屈な船室は、住処《すみか》の狭い洞穴や小道とちっとも変わらない。それに、ほかの動物たちといっしょにいるのが気にいりはじめた。動物たちもスカブに慣れ、仲間としてあつかうようになった。実際、ほとんどの動物はスカブについてなにも聞いていなかったし、これまでにスカブを見かけた動物もほんのわずかだったのだ。そして、だれも、スカブの致命的な邪悪さを知らなかった。

かくてスカブは徐々に受けいれられ、まもなくスカブの奇妙な過去に思いをはせるものはいなくなった。スカブには好都合だった。以前のように動物たちが姿を見るなり怖がって逃げだすのではなく、わざわざやってきて話しかけてくれる。スカブの態度はすこぶる感じがよかった。もっとも、感じがよすぎるきらいがあったが。しばらくすると、スカブは全員と親しく交わった。とりわけライオンやトラのような大きな動物とは友情をつむいだ。キツネとは大の親友になり、いっしょに暗い隅に座りこみ、始終、話にふけっていた。

こうして、ときがたつにつれ、スカブは人気者にさえなった。そして、ウサギやナナジュナナのような小ぶりで太めの動物たちが、スカブの前で漠然とした不安を感じることがあっても、だれもそれをほのめかすものはいなくなった。それがスカブが小動物たちを見るときの態度のせいだとか、おぞましい、涎《よだれ》を垂らした唇の震えのせいだとは——。

11　ゾウ、あわや窒息

とびきりおもしろいことはめったにおこらない。毎日、単調な日々がつづく。ゾウが窒息しかけたときは、ちょっとした事件だった。もっとも、ゾウ自身はほかの動物たちほど楽しめなかったけれども。

ある日の朝食の直前だった。たいていの動物は風呂をすませ、船室にもどっていた。大きな友人のただならぬようすに最初に気づいたのはキリンだ。キリンはゾウがひとり風呂場で息をつまらせ、はね水を飛ばし、水がぬけていく風呂みたいな音をたてているのにでくわした。ゾウは咳《せ》きこんでは巨大な脇腹を揺らし、ときおりすさまじいくしゃみを箱舟中にとどろかせている。

その光景に度肝を抜かれたキリンはくるりとむきなおり、助けを求めようとした。そのとき、近くの船室の動物たちが奇妙な音につられて足早にやってきた。みんなは風呂場になだれこみ、ゾウのまわりに集まり、体を揺らすとほうもない痙攣《けいれん》に、口をあんぐり開けた。

「あらあら、息がつまってるわ。かわいそうに！　だれか背中を叩いてあげて！」カンガルーが叫んだ。でも、だれもとどかない。サルがゾウの背中によじ登り、さもえらそうにこぶしで叩いたが、小さな手ではハエが歩きまわるのも同然だ。ゾウがふたたびくしゃみをすると、サルは下にいる動物たちの頭上に吹っ飛んだ。

「それじゃ役にたたへん。もっと気のきいたことをやってみい。せやないと、ゾウのおばさん、破裂してまうで。なんかを飲みこんで逆の方向に入ったんや」と、ヤクがいった。

「そりゃそうなんでしょうけど、でもね、どっちが正しい方向なのかしらね？」カンガルーはヤクへのいらだちを隠せない。

ヤクの顔に当惑の色が浮かぶ。「はて、どうやろう。ゾウのことはさっぱりや。本人にいうてもらわんとな」

そこで一同はなにがおこったのか教えてくれと、ゾウにむかっていっせいにどなった。ゾウはくしゃみの発作に襲われ息をつまらせながらも、懸命に答えようとする。

聞きとれるのは、こんな言葉だ。

「フンク！　クスノーク！　風呂で、ハアクション！　クハア！　つまって、カアー！　鼻に、ハアクション！　スノーク！」

全員、不安な面持ちだ。カワウソが前に歩みでた。「そうだ。ゾウのおばさん、また風呂水を飲んだんだよ。それで、なにかが鼻に入って、つまっちゃったんだ」

「そりゃそうかもしれへんけど、風呂につまるものなんてないで」と、ヤクがいう。

「じゃあ、ちっちゃなカエルさんだったとか」カンガルーは半泣きになっている。

「ばっかばかしい。カエルなら一匹残らず甲板にあがって、雨を楽しんでるぜ」フタコブラクダが鼻を鳴らす。

「わかった。ぼくの石鹸だ！　うっかり風呂におきっぱなしだった」ふいにサルがいった。

全員がふりかえり、サルを見た。サルはみんなをかきわけ、ゾウの鼻の端をつかみ、望遠鏡よろしくなかをのぞいた。そのときゾウがくしゃみをしたので、サルは風呂場の端まで吹っ飛んだ。サルが起きあがると、みんなはどっと沸いた。

「石鹸ってどういうことや？」ようやくしゃべれるようになると、ヤクがたずねた。

ヤクはめったに笑わないのだが、笑いだすとなかなか止まらない。「石鹸なんか使わんくせに」

「もちろん使うさ。従兄弟《いとこ》のヤフェトの船室から借りたんだけど、風呂でなくしちゃったんだ」サルは胸を張る。

「そいでさあ、ゾウのおばさんに見つけてもらったってわけかよ。おい、かえしてもらいな」フタコブラクダがあざ笑った。

サルは頭を掻《か》く。「そうだね。でも、あんまり高いところなんで」と、ひと息いれてからいう。

「鼻を押さえて、水を飲むようにいったらどうかしら。しゃっくりを止めるにはいい方法よ」カンガルーが提案した。

「しゃっくりをしてるわけじゃねえんだ。それによ、鼻を押さえたら、水が飲めねえじゃねえか。だから、意味ねえってんだ」フタコブラクダが毒づいた。

カンガルーは気分を害し、黙りこんだ。実際、気の毒なゾウを助ける手立てはないらしい。みんなはすっかり気落ちした。おりしも年寄りのハゲコウノトリが朝食にいく道すがら、風呂場をのぞいた。朝食の鐘が鳴ったのに、だれも気づかなかったのだ。

動物たちが道を開けると、ハゲコウノトリはゾウの脇に立った。いかにも知恵袋といった風情だ。一部始終を聞くと、一同が心配そうに見守るなか、ハゲコウノトリは首をかしげ、一瞬考えてからいい放った。「簡単なことじゃ。石鹸、といったな。それなら、水に溶けるじゃろう。ゾウは水を飲んでは吐きだし、飲んでは吐きだし、石鹸が溶けるまでそれをくりかえすのじゃ」

「ほら、わたしがいったとおりだわ」と、カンガルーが口をはさむ。だれも聞いていない。あわれなゾウを風呂に導き、鼻をいれて飲むようにうながすので手いっぱいなのだ。

鼻をみたす水音以外は、沈黙があたりを支配する。だが、鼻がいっぱいになる寸前にゾウがくしゃみをしたので、すべては元の木阿弥《もくあみ》だ。ついでに一同に頭からしぶきを浴びせて。でも、二度目はうまくいった。ゾウは飲んだ水を吹きだした。すると、ゾウから一瞬たりとも目を離さなかった生き残りの二匹のクリダーが、手を叩きはじめた。「ほら、見て！　ゾウがシャボン玉を吹いてる。うまいもんだね！」そのとおりだった。ゾウの鼻から巨大なシャボン玉がどんどん吹きだされる。これまでにないほど大きく、きれいなシャボン玉。シャボン玉はゾウの鼻や頭のまわりに巨大な宝石のようにまとわりつき、揺れたり震えたりしながら、千ものふしぎな色に輝く。シャボン玉は、つぎからつぎへと現れ、ゾウが鼻を空にするたびにどんどんふえ、部屋中をみたす。ゾウの姿はたくさんの輝くシャボン玉に覆われ、見えなくなった。

シャボン玉がさらに密になっていくと、カンガルーがそわそわしだした。「ゾウさん、答えて。消えてないわよね？　だって、その――」カンガルーがためらうと、ゾウからびっくりする返事がかえってきた。シャボン玉のかたまりのなかから、石鹸水が鉄砲水のように飛んできて、カンガルーの袋に命中し、水浸しにしたのだ。「あら、困るわ！　濡れると、なかを乾かすのがたいへんなのに」カンガルーがぼやいた。

いくえにも重なったシャボン玉がひときわ盛りあがったかと思うと、なかからゾウがでてきた。いくぶん声を嗄《か》らしているものの、それ以外はいつもどおりだ。「なくなったわ！」と、叫び、満面の笑みをたたえている。動物たちの顔もほころんだ。くよくよしているのはサルだけだ。ゾウと小さくなっていくシャボン玉の山を見比べたサルは、いそいそと仲間と朝食にむかうゾウの後姿を見送った。「ぼくの石鹸は？　なんでこうなるの？」

「そうよ。鼻を押さえるべきだったのよ。だから、そういったでしょう？」カンガ

ルーが答えた。

＊

日々がすぎ、一週間になり、二週間、三週間、四週間、五週間とたっていった。朝食後に窓から外を見ても、陸地がまったく見えない朝がやってきた。箱舟が夜のあいだに流されたのかと思い、反対側の窓からのぞいても、眺めはおなじだ。雨が水面に当たってしゅうしゅうと音をたてる、平らにならされた水また水が、見わたすかぎりつづく。すべてがなんの変哲もなく、灰色で、生命の気配すらない。これまでで最悪の日だ。朝食のあと、食卓がいつものように壁によせられても、だれも遊びたがらない。しゅんとしてじっと座ったままか、しおれて窓から外を見つめている。

ノアと息子たちはノアの船室で相談していた。「なにか元気づけてやることをしなくちゃ。このようすでは、食も細りそうです。けさ、オートミールを食べなかった動物もけっこういたし」セムがいった。

「きょうはつねにもまして、ひどいようすじゃった。まもなく雨が止《や》むとくりかえしておるのじゃが、わかってもらえん。なにか新しい遊びでもないかのう?」と、ノアがいう。

「もう種切れです。知ってる遊びは全部教えたけど、飽きたっていうんです。なにか、ぜんぜんちがうものでないと」ヤフェトが口をはさむ。

「じゃあ、音楽会ってのはどうかな？」ハムが提案した。

「それはいい！　ハム、進行を考えておくれ。食堂に舞台を設けるとしよう」と、ノアはにっこりする。

「練習する時間がいりますよね？」セムが聞く。

「それもそうだ。では、三日後にしよう」と、ノアは決めた。

「みんな音楽会をするよ」ハムは食堂に足を踏みいれながら動物たちにいった。

つぎの瞬間、ハムは叫びたてる動物たちにとり囲まれた。みんな、自分の声を聞いてもらおうと必死だ。「ほんと？　いつなの？」「わたしに歌わせて」「歌なら、わたしよ」「ぼくもね！」「おいらも！」

「ちょっと待った。一回に全員は無理だ。三週間はかかる」と、ハムが叫んだ。事態は収まらない。だれだって先を越されたくない。ハムは耳に指をつっこみ、騒ぎが静まるのを待ち、ようやくいった。「騒いでもだめだ。みんな歌を練習しておくんだ。

時間が許すかぎり、歌わせてやる。空《から》の船室で練習してもいいぞ。扉をきっちり閉めるのを忘れるなよ」

練習用の船室を確保しようと、みんないっせいに階下に走った。ハムがその場を去ろうとすると、ナナジュナナがいる。二匹は懸命になにかいおうとしている。顔を見あわせてはハムのほうをむき、たがいに相手を前に押しやりながら、にじりよってくる。

ハムは立ちどまった。「なにか用かい？」

「お願いです」と、一匹がいって、ごくんと唾を呑《の》みこみ、言葉につまる。

「わたしたち、あの、思ったんですけど」もう一匹が必死でつづける。「歌はあんまりうまくないので、かわりに暗誦《あんしょう》してはと――。ときおりちょっとした詩を書くので、その――」そこであえいで口をつぐんだ。

「ああ、もちろんだ。好きにしていいぞ」と、ハムはいい、「ありがとうございます」とぺこぺこしながらつぶやく二匹から離れた。

扉に近づくと、サルがいそいそとやってきた。船室をせしめそこねたのだが、張りきってハムの前に立ちはだかる。

「音楽会のことなんだけど。こういうことはいろいろ準備がいるでしょう？　そこで、お手伝いでも――」と、サルはいいかけた。ハムはサルをじろりと見おろす。「おまえがなにを知ってるっていうんだ？」。サルは胸を張った。「ぼくはきわめつきの音楽一家の一員でね。おじさんが――」言葉は、部屋をでていくハムが扉を閉める音にさえぎられた。

サルはひるんだが、その場にいる動物がにやにやしているのを見て、とりつくろう。「ハムがぼくの話に耳を貸してくれたらな。オルガンを弾くおじさんがいるんだって知ったら、ハムのほうから助けを求めただろうにね」

つづく二日間は、歌を練習する騒音から逃れようがなかった。鳥たちはともかく、ヤクのような大きな動物のがなり声にいたっては最悪だった。みんなが自分にかまけ、耳に入らなかったのはさいわいだ。箱舟の動物のなかでいちばん忙しそうなのはナナジュナナだった。ヤフェトから紙と鉛筆を借り、日がな一日、隅に座り、鉛筆をなめなめ、額に皺《しわ》をよせていた。

12　音楽会

音楽会の日がやってきた。午前中いっぱいかけて、セムとヤフェトが食堂の端に舞台を設けた。昼食のあと、今度は全員で会場づくりだ。食卓は壁によせられ、小さな動物たちは足をぶらぶらさせながらその端に座る。ノアとその家族は一列に並んだ椅子に、ほかの動物たちは床に腰をおろす。大きい動物たちは最後列に陣取る。

みんなが落ちつくと、ハムが舞台にあがった。会場がどっと沸く。みんな期待にはちきれんばかりだ。

「ハムが歌うんだわ。すてきね」カンガルーがいった。

ハムは頬を紅潮させて、話の口火を切るきっかけを待った。「おれは歌わないよ。ひと言説明するだけさ」そういって、全員が歌う時間はないので、まわりを見て、適当に出演者を指名するのだと説明した。「だから、歌いたければ、おれのほうを見てくれ。目があって、おれがうなずいたら、順番がきたってことだ。まず、ヤフェトがきょうのために作った歌を披露する」

ふたたび歓声があがり、ヤフェトが舞台に歩みでると、いよいよ大きくなっていく。ヤフェトはぎこちなく天井を見つめ、手をどこにやっていいか困っている。だがまもなく歌いだした。

「動物たちはつがいになってやってきた。

はじめにゾウ、それにつづくはカンガルー」

「わたしのことだわ」カンガルーがうれしそうに叫ぶ。

「あら、わたしがあなたよりも先よ」ゾウも負けじと叫んだ。

横槍《よこやり》を入れられたヤフェトはすっかり困惑し、天井の一点を見つめたまま、口をぽかんと開け、凍りついた。「邪魔するな！」「静かに！」という声が飛ぶ。サルは立ちあがり、教師気取りで顎《あご》を突きだしてみんなをじろりと見まわした。

ヤフェトはふたたび歌いだし、今度は邪魔されずに歌いきった。なかなかいい歌だった。実際、いまも歌いつがれている。歌っているあいだじゅう、ヤフェトはずっと天井の一点を見つめていた。歌い終わると、やんやの喝采《かっさい》が沸きおこったが、そそくさと退場し、席についた。無事に終わって胸をなでおろしている。
ハムが立ちあがり、まわりを見まわした。だれもが首をできるだけ長くのばし、ハムと目をあわせようと頭をあげている。ハムはカバを指名した。首は長くないものの、大きな頭は無視しようがない。
カバは満面に笑みをたたえ、舞台に歩みよる。みじんも不安を感じさせない。大きく咳払いし、窓ガラスを揺らす大声ではじめた。

いちばん、
いちばん、
か細いやつらも大勢いるが、おいらなんざあ超重量級。
カ・バ・カバカ、
タ・プ・タプタ、
ああ、おいらはすてきな愛嬌者！

にばん、

にばん、
まわり道するやつらもいるが、おいらなんざあ正面突破。
カ・バ・カバカ、
タ・プ・タプタ、
ああ、おいらはすてきな愛嬌者！

さんばん、
さんばん、
ヒバリみたいな名人だって、おいらの歌にゃ敬礼脱帽。
カ・バ・カバカ、
タ・プ・タプタ、
ああ、おいらはすてきな愛嬌者！

よんばん、
よんばん、

ちょっとで足りるやつらもいるが、おいらなんざあ健啖《けんたん》豪傑。
カ・バ・カバカ、
タ・プ・タプタ、
ああ、おいらはすてきな愛嬌者！

ごばん、
ごばん、
潮がみるみるみちてくるよ、おいらがどぼんと深海潜水。
カ・バ・カバカ、
タ・プ・タプタ、
ああ、おいらはすてきな愛嬌者！

ろくばん、
ろくばん、
ひとなめだけのやつらもいるが、おいらなんざあ水浴三昧《ざんまい》。

カ・バ・カバカ、
タ・プ・タプタ、
ああ、おいらはすてきな愛嬌者！

ななばん、
ななばん、
おっとしまった、ここらで休憩。じゅういちばんまで乞御期待。
カ・バ・カバカ、
タ・プ・タプタ、
ああ、おいらはすてきな愛嬌者！

はちばん、
はちばん、
面食い気取るやつらもいるが、おいらなんざあ体重重視。
カ・バ・カバカ、

タ・プ・タプタ、
ああ、おいらはすてきな愛嬌者！
きゅうばん、
きゅうばん、
おっといけねえ、おいらもこれまで。この一行を健忘失敬！
カ・バ・カバカ、
タ・プ・タプタ、
ああ、おいらはすてきな愛嬌者！
じゅうばん、
じゅうばん、
おっとどっこい、こりゃなつかしい。おいらはこいつと再会刮目《かつもく》。
カ・バ・カバカ、
タ・プ・タプタ、

ああ、おいらはすてきな愛嬌者！

じゅういちばん、
じゅういちばん、
おっとそれきた、またやってきた。ななばんの歌詞を乞御参照。
カ・バ・カバカ、
タ・プ・タプタ、
ああ、おいらはすてきな愛嬌者！

じゅうにばん、
じゅうにばん、
おっとおしまい、ここらでおしまい。もっとほしけりゃ全員唱和。
カ・バ・カバカ、
タ・プ・タプタ、
ああ、おいらはすてきな愛嬌者！

カバは大口を開けて笑いながら歌い終わり、みんなの大爆笑のなか、体を揺すりながらうれしげに席にもどった。

つぎにハムは鳥を指名しようと考えた。「よし」と、長く伸ばした首のなかで、痩せてさえない感じのダチョウの首が目にとまった。「今度はダチョウの番だ」と、ハムが紹介すると、ハムがうなずいてもダチョウは無反応だ。そこで「今度はダチョウの番だ」と、ハムが紹介すると、ダチョウは砂漠のかなたの砂粒でも見るかのようにハムに一瞥《いちべつ》をくれてから、「歌わない」とにべもなくいい放った。

「じゃあ、なんだって歌いたそうに首を伸ばすんだよ?」ハムはひとりごちた。

かわりにクロウタドリが指名され、美しい声を披露した。むろん歌詞はないが、だからといって歌の美しさは損なわれない。

今度は大真面目な小さなアライグマだ。歌がはじまると、みんなはもぞもぞしだした。

「なんていってるの? 口のなかでもぐもぐいうばっかりで、なにがなんだかわからないわ。耳には自信があるんだけど」アカシカがささやいた。

「自分でもわかってねえんじゃねえか？」フタコブラクダもいう。

「きっと悲しい歌なのよ」カンガルーは感傷的にため息をついた。実際、アライグマはせつない表情を浮かべている。

「とにかく短いといいわね」アカシカがあくびをかみ殺した。

ところが歌は延々と、しかもほぼおなじ音でつづく。動物たちはあくびをしだした。カバの頭上の窓枠に座っていた小さなアマガエルは、カバの大あくびに魅入られ、すんでのところで大口のなかに落ちそうになった。

ようやく歌は終わった。「やれやれ、やっと――」と、いいかけたフタコブラクダは、腹を抱えて笑っているアライグマの姿に目が釘づけになった。みんなはとほうにくれた。冗談がぴんとこないので、だれかが笑うとなにがなんでも笑うカンガルーをのぞいては。大きく息を吸いこもうと背を伸ばしたアライグマは、だれも笑っていないのに気づいた。一瞬、笑いが顔に貼りつき、奇妙な思いつめた表情でうつむくと、腕に顔をうずめ、一目散に席に逃げかえった。

そのとき、やさしいノアがこっけいな歌だったのを察し、手を叩きはじめ、一同が慌ててそれにつづいた。アライグマは照れながら立ちあがり、会釈をして感謝の意を表した。

ハムがつぎの出演者を指名し、音楽会はふたたび順調に進んだ。つぎつぎ歌が披露され、すばらしくうまい歌も、さほどでもない歌もあった。それでも、たいていの場合は、聞き手はどうであれ歌い手は満足した。――つまり、首尾は上々だった。

たとえばコウモリ。ハムと目をあわせようと必死で、ようやく指名されると、いかにもうれしそうに、ずんぐりした体に似合わぬ愛らしい身振りで舞台に駆けあがった。一同に優雅にほほえみかけ、羽を体の前に重ね、歌う体勢に入った。

ところが、驚いたことに、なんにも聞こえない。見るかぎり、コウモリは熱唱しているのだが。

「歌ははじまったのかいな?」少し耳が遠いヤクがささやく。

「なんにも聞こえん。ジェスチャーでもしてるんじゃないか?」と、カバがいった。

「愛についてのきれいな歌なんだわ、きっと。ほら、羽で胸を押さえているじゃない」カンガルーがため息まじりにいった。

コウモリは口をぱくぱくさせ、胸を波打たせている。やがて大きく息を吸いこみ、頭をのけぞらせると、最高音で歌を終えたらしい。

一同は呆気《あっけ》にとられ、しんとなった。バッタやキリギリスなどの虫たちがいる食堂の片隅だけ、盛大な拍手に包まれている。動物たちは虫たちに倣い、コウモリの機嫌を損ねないように熱心に手を叩いた。コウモリは会釈し、愛嬌をふりまきながら軽やかに席にもどった。

「きっとすてきな歌だったんでしょうね。でも、なんのことだか知りたかったわ」カンガルーは残念そうだ。

だれもがおなじことを考えていた。真相に気づいたのはヤフェトだ。「そうか、そういうことか。コウモリの声は高くてふだんからほとんど聞こえませんよね。だから、歌となると、まったく聞こえないんですよ」と、ノアにいった。

「だったら、なんだって歌いたがるのかしら。気取っちゃっていい気なもんだわ」ノア夫人は腹をたてた。

「ほかのコウモリたちは楽しんだようだよ、おまえ。それに、虫たちも」ノアがおだやかにいった。でも、ノア夫人は憤懣《ふんまん》やるかたなく、「にやついた気取りや女」とぶつぶついいながら、体をぶるっとさせた。少なくとも、動物ならそういえる動作だ。ノア夫人は自分の髪の毛にひっかかるのが怖くてコウモリが苦手なのだ。もっともコウモリにもそんな気はさらさらないので、おろかな考えだ。

午後が半分以上すぎたころ、ハムは小さなナナジュナナたちを思いだした。遠慮していて目をあわせようとしないナナジュナナをやっと見つけだすと、二匹の前に座っているサルが、ハムの送った合図を自分に送ったものだと勘ちがいした。ハムはずっとサルを避けてきたのだが、サルはハムが止めるまもなく舞台にあがり、気取りまくって見得《みえ》をきった。うぬぼれはすぐに砕かれた。もったいぶった間《ま》をおいたあと、深く息を吸いこみ、歌おうと口を開くと、最初の一音と同時に、大きなしゃっくりが体を震わせる。きまり悪そうに咳払いをし、歌おうとするも、またもやしゃっくりに襲われる。そのあとは、なにをしても無意味だった。あたりは笑いの渦に包まれた。悲鳴のような笑いのなかで、サルがもう一度口を開けても、だれも聞く耳をもたない。サルはぶざまにうろたえながら、ほうほうのていで席にもどった。

笑いが収まると、ハムはナナジュナナを呼んだ。二匹がうつむいてばかりいるので、声をかけざるをえなかった。名前を呼ばれると、二匹はびくっとしたものの、なんとか舞台に進みでて、大きな紙を前に持ち、並んで立った。痛々しいほどおどおどして、手が震え、紙がかさかさ鳴っている。何度か深く息を吸いこむと、一匹が唇をなめ、

「暗誦《あんしょう》します――詩です」といい、もう一匹が「自分たちで作りました」とつけ加える。カバがやんやの喝采を送った。「おちびさんたちを勇気づけてやりたくてさ」と、あたりに聞こえるようにささやきながら。これがかえって災いし、二匹はものを投げつけられたかのようにしおれた。ようやく頭をちょこんとさげ、乾ききった声で、息もつがずにはじめる。

「ウサギが一匹、やぶの中。

ぼくらにいったよ『しっ！　集中！』」

二匹は最後の言葉を口にしてはじめて「やぶの中」と韻を踏まないことに気づき、おじけづいて顔を見あわせ、くりかえす。

「ウサギが一匹、やぶの中。

ぼくらにいったよ『しっ！　集なか！』」

今度は「集中」の「中」を「なか」と読んでみるが、これでは無理だというのが頭をよぎり、混乱し、助けを求めるようにあたりを見まわしてから、もう一度はじめる。

「ウサギが一匹、やぶのちゅう――」

だが、いよいようまくいかず、つまってしまう。「書いたときは大丈夫だったのに」と、一匹が震え声でいい、絶望にさいなまれたあわれな二匹はその場で泣きくずれた。

笑いが止《や》んだ。ヤフェトが飛んできて、二匹を抱きあげ、慰める。「まったく問題ないさ。泣くことなんかないよ。韻を踏まなくたっていいんだ。無韻詩なんだから」ナナジュナナたちは涙をふいた。「いいんですね？」と、気をとりなおす。

「もちろんさ。つづけなよ」ヤフェトがうながす。

「でも、これだけです！」そういいながら、二匹は席に逃げかえった。

突然、なんの前触れもなく、動物たちが箱舟に乗って以来、もっともわくわくするできごとがおこった。ヤクの歌の最中だった。低いつぶやき声は、到底耳に心地よいとはいえない。体の奥深くからしぼりだされるような、ひどく低い、聞き手の耳の奥までしみとおる声のおかげで、一同はうるさいハエを飲みこんだ子犬みたいに頭をふっていた。最初の一節が終わり、ヤクが息をつぐと、みんなはほっとした。すべてが静まりかえっている。だが、ヤクがつぎを歌おうとしたそのとき、一同ははっとした。あたりがいやに静かなのだ。ヤクが口を開こうとすると、サルのかん高い叫びにさえぎられた。「雨が止んだぞ！　ほら、聞いて！」

ヤクが咽喉《のど》を鳴らしたきり黙りこんだので、一瞬の沈黙が生まれた。一同は耳を澄ました。

そのとおりだった。木製の屋根をたたいていた雨音が止んでいる。音楽会はすっかり忘れ去られた。ヤクも大急ぎで舞台からおり、いっせいに窓辺に走りよる動物の波に加わる。カンガルーは感きわまって泣きだしそうだ。「ねえ、見て！　空がまた青くなったわ！　空が青くなったのよ！」と、くりかえす。

みんな小躍りしている。ノアでさえ、じっとしていられない。とはいえ、ゾウとキリンにはさまれ、ほとんど身動きがとれない。

「きっとまもなく太陽が顔をだすじゃろう」ノアが叫ぶと、一同が見守るなか、太陽が――、深紅の、もうすぐ沈む太陽が、六週間近くも姿を隠していたほんものの、なつかしい太陽が――、雲のうしろから堂々と顔を現した。

サルが窓から雨に濡れた甲板に飛びだした。窓をすり抜けられる動物たちがあとにつづき、ほかの動物たちはあたふたと扉から外にでた。なんという光景だろう！　濡れた甲板は、うれしさのあまり飛びまわり、大声をあげる動物でみるみるいっぱいになっていく。ウサギたちがみんなの足元をぐるぐると走りまわり、あらゆる種類のシカが後足を蹴りあげ、跳ねまわっている。サルは屋根の片方の端からもう片方の端まで目まぐるしく動きまわり、空にはけたたましい鳴き声とともに旋回する鳥があふれている。だれもいない甲板の片隅では、老ハゲコウノトリがひとりでおかしな踊りをぎくしゃくと踊っている。

水平線を照らすかすかな赤い光が消え、太陽が沈んでだいぶたってから、ようやく狂喜する一同は寝床に落ちついた。それでも長いあいだ寝つけず、おしゃべりの花を咲かせた。朝になったら空は青いだろうか？　水がひくのにどれくらいかかるだろうか？　いつ陸地につくだろうか？

カバは最後まで寝つけなかった、やがて、「またメロンが食える！」と、眠そうにつぶやきながら、壁に顔をむけた。

13　晴天

つぎの朝、動物たちは夜明け前に甲板にでていた。目ざめる前の朦朧《もうろう》とした意識のなかで、鈍い雨音が聞こえてこないのを察知し、きのうの夕方のすばらしいできごとを思いだしてすぐに飛び起き、日が昇るのをわが目でたしかめようと甲板に押しよせたのだ。空には雲ひとつない。太陽が水平線から昇り、水面にたなびく霞《かすみ》を追いはらう。動物たちが見守るなか、空はふたたびなつかしい深い青をたたえている。

　あらたな生活のはじまりだった。暗く通気の悪い船室や廊下にこもるかわりに、動物たちは箱舟の大きな甲板で気ままにすごした。水がやってくる前のしあわせな日々のおなじみの遊びをしたり、あらたに考案された遊びにも興じた。フワコロ＝ドンを球に、ツノメドリをピンに見たてたボウリング。大きな緑の扉の前の広い甲板でのラウンダーズ[2]の試合。泳げる動物は甲板から水浴びとしゃれこむ。水からあがるときは、箱舟から下ろされた大きな道板をつたう。

カワウソはすてきな遊びを考案した。箱舟の屋根まで上り、うつぶせにすべりおり、甲板の動物たちの驚きをよそに頭上を飛びこえ、水音ひとつたてずになめらかに頭から水に飛びこむ。はじめてやったときは盛大な拍手がおこったが、まもなくほかの動物たちもつづいた。カバが自分にもできるとうそぶいたとおりに飛びこみを実行しなかったのは、さいわいだった。

遊びに飽きると、甲板に寝そべり、日向《ひなた》ぼっこだ。動物たちはうたた寝をしては、かつてのようにたわわに果物がみのる林にいる夢を見た。そして、ふいに目ざめ、箱舟の脇にひたひたとよせる水音を耳にし、びくっとしてはどこにいるかを思いだす。

青空に白い雲が浮かび、生活を激変させた例のはじめての白い雲を思いださせる日もあった。

はじめ、ゾウは小さな白い雲に動揺したが、なにもおこらないのを見てとると、さすがに慣れっこになっていった。

2 野球に似た英国の子供のゲーム

鳥たちは動物たちよりいっそう楽しそうだ。毎日、朝食のあと、セムとハムは太陽が差しこむように留め金をはずし、屋根を開ける。すると、一日中、鳥の群れがつぎつぎと箱舟から飛びたち、二度と帰ってこないかのように大空を羽ばたいていき、ふいに方向転換し、空中を旋回しながら屋根に止まるのだった。

雨が降りはじめたあの悪しき日以来、動物たちが味わうもっともしあわせなときだった。フタコブラクダさえも機嫌をなおし、文句をいわなくなった。近ごろ、短気が高じていた年寄りの黒クマも愛想よくなり、朝の散歩のときにだれかに会うと、「おはよう」とか、「いい日だね」とか、「よく眠れたかい?」と挨拶するようになった。どんなときもたいていひと言ですます黒クマにしては上出来だ。トラやピューマやヒョウにいたっては、しあわせのきわみだ。熱い甲板に寝そべり、美しい毛皮が陽光を浴びて金色に染まるのに、目を細めてうつつをぬかしている。

毛づくろいの仕上げに胸の白い模様をなめながら、トラがいう。「おれさまの毛皮はむかしどおりにみごとなもんだ。これまでのごたごたで、もとにもどらないかと案じていたんだが」

「だから縦縞はやっかいなんだよ。毛皮が新しいときはいいけど、ちょっと年季が入ってくると、みすぼらしい縞柄ほどみじめなものはないからな」近くに寝そべるヒョウがいった。

「そりゃ手入れはたいへんだとも。とくに下腹の色の薄い部分はな。でも、縞柄ほどおしゃれな柄はないぞ」と、トラは答えた。

「さあ、どうかな。おれは飽きがくるけどね。あのシマウマを見ろよ。動物ってより、パズルみたいだ。いたずら書き同然の模様なんて、まっぴらだ」ヒョウは一歩もひかない。

トラの黄色い目が光った。シマウマと比べられ、機嫌を損ねたのだ。「ばかなことをいうな」そういいながら軽蔑したように鼻を鳴らす。「おれさまの話題はシマウマじゃない――、そうそう、ハイエナでもないぞ」。トラはヒョウが自分とおなじ斑柄《まだら》の下品なハイエナを嫌っているのを百も承知だ。「趣味のいいやつなら、黒と金の縞にまさる柄はないってことを知ってるんだ」

「たいそうみごとですとも。いつもうっとり見とれてしまいますよ」背後に慇懃《いんぎん》な声がする。トラとヒョウがふりむくと、そこに卑屈な笑みを浮かべたスカブがいた。

「たまたまそばを通りまして、お話を耳にしましてね。おふたりのすばらしい毛皮にどんなに感じいっているかを口にせずにはいられなかったのです」と、スカブは説明する。

トラはしかめっ面を止《や》め、にんまりする。たいへんなうぬぼれやだ。

「おふたりのその毛皮が色あせてしまうなんて、ほんとうにもったいないことですがね」スカブは思わせぶりにつづけた。

「なんだって？　色あせる？」トラとヒョウは、さっきの口論のことも忘れ、口をそろえて聞きかえす。

「これは失礼。とんだことを申しあげまして。わたしとしたことが、失言でした。どうかお許しを」スカブはいい、トラの視線を避けて退散しようとした。だが、トラは頭をもたげ、咽喉《のど》を鳴らしながら低い声で命じる。

「待て」。スカブは足を止めた。「色あせるなんてもったいないといったな？　なんのことだ？」と、トラがつめよる。

スカブは不安げに首をよじり、上唇を震わせた。「おふたりのお美しい縞柄や斑柄のことでして。箱舟のせいで色あせる運命だとおふたりがご存知ないと知っていたら、あんなことをいわなかったのですがね」

「なんのことだ？ どうして箱舟のせいで色あせるんだ？」トラが唸る。

トラは立ちあがり、スカブを恐ろしい形相でにらみつけている。左右にゆっくりとふれるしっぽの先端以外は、すべての筋肉がはりつめている。スカブはトラの剣幕に不安をつのらせ、足をそわそわと小刻みに震わせる。そっとトラを見やり、懐柔するようなほほえみさえ浮かべたが、すごむトラの前ではじらさずに答えたほうが身のためだと気づく。

「なぜかってはっきりとはいえないのですがね。まあ、食べ物があやしいということでしょうかね。だって、おわかりでしょう？ とくに繊細な縞柄や斑柄に変化が生じるのは自明のことですよ。オートミールなんてねえ！」ここでスカブは鼻を鳴らした。「わたしたちが慣れている食べ物と大ちがいですよ」

トラは黙っている。来る日も来る日も風にそよぐサトウキビ畑に横たわり、金色の毛皮にいっそう磨きがかかるのに見とれていたむかしが頭をよぎる。

「なぜ、変化するんだ？」と、しばらくしてトラがいった。語調は和らいでいるが、その声色はどこか不快に響く。

このとき、ほかの動物たちがなにか異常なことがおきているのに気づき、茫然《ぼうぜん》とトラを見つめていた。すっくと立つかわりに、トラは甲板に低くうずくまり、背中の毛を逆立て、しっぽの先端だけをわずかに左右にぴくつかせている。そこにやってきたアカシカは、トラの目の色を見てぎょっとして、なにもいわずにそっといなくなった。

「さあ、もちろん、わたしがいうべきことではないのでしょうが、なにかがわたしたちを変えているのはたしかですからね。ご自分をごらんなさい。これまでそんなことをしたためしはないでしょう？　声色もちがっていますよ」と、スカブは答える。

そのとき、トラは自分が妙なかっこうをして、注目を集めているのに気づく。険悪な目の色は消え、しっぽは甲板の上にだらりと伸びた。トラは姿勢を変え、脇腹を下にして恥ずかしそうにごろりと横になった。

「スカブのせいだ。オートミールがおれたちを変えて、毛皮によくないとかいう噂を聞きかじったらしい。そんなことをいわれたら、だれだっておかしくなるさ」ヒョウが助け舟をだし、集まってきた動物たちにトラを弁護した。

スカブはそそくさと去っていった。甲板の端にむかう後姿が角を曲がるまで、動物たちは黙って見送った。

しばらくすると、イタチが口を開いた。「あいつがいうことが正しいのかもな。スカブは頭のいいやつだし、ぼくだって近ごろ、なんだか調子がでないんだ。もちろん、オートミールのせいじゃないかもしれないけど、夜、眠れなくてね」

「どうしてさ？」カワウソがたずねた。

「さあな。とにかく落ちつかなくて、じっとしていられないんだ。昨夜なんか、そこらじゅう、うろついたぜ。闇のなかで鉢合わせをしたら、あの頭の足りないウサギたちをすっかり慌てさせちゃってさ」そういって、イタチはけたたましく笑う。

「いったいウサギのところでなにをしてたんだ？」今度はヒョウがたずねる。

「それが、自分でもわからないんだ。とにかく行かなくちゃならなかったんだ。あの野ウサギたちのことを考えると、自分が変になっちゃって、つい、近づかずにいられない」と、イタチが答えた。

「変だな。おれも妙な気分なんだ。毎晩、夢を見てよう」オオカミもいった。

もどってきたアカシカが口をはさんだ。「そりゃそうでしょうよ。寝ているときに唸ったり吠えたりして、わたし、ときどき起こされるのよ。昨晩なんて、あなたがすごい音をたてるから、ほんとうに怖かったんだから。なんの夢を見ていたの？」

オオカミは大笑いした。「いやなに、いろいろさ。でも、話すのはよそう。けっこう変てこな夢でよ、あんたもそのなかにでてきたぜ。あのオートミールとやらが、どうも体質にあわないらしい」

14　あらし

　ある朝、動物たちが目ざめると、夜中から強い風が吹きはじめていた。いつものように心地よい水音ではなく、箱舟の脇にぶつかる波が激しく砕ける音が響きわたる。とくに大きな波がくると、箱舟は身震いし、わずかに飛びあがる。朝食がすむころには横揺れがかなりひどくなっていた。もっとも、食器が食卓をすべっていくのはけっこう楽しい眺めだった。

「きょうは屋根を開けないほうがよかろう。ハムとふたりで甲板のものを固定しておくれ。荒れてくると、飛んでいってしまいそうじゃ」と、ノアはセムにいった。

　みるみる荒れてきた。船室を片づけたあと、窓から外を見た動物たちは、水のようすに驚愕《きょうがく》した。巨大な緑の波が押しよせ、終わりのない追いかけっこをしている。箱舟にぶちあたるたびに、船になだれこむかのような勢いで迫っては、船体の下にもぐりこみ、反対側に流れていく。動物たちはわれを忘れて見とれた。ときおり、鼻の前で白いしぶきがはじけると、びっくりして飛びのく。それから、安全な箱舟のなかにいることを思いだし、笑いあう。波はどんどん大きくなっていく。箱舟が呑《の》みこまれそうだ。でも、毎回、万事休すと思われるそのとき、箱舟は抗議するかのようにゆっくりと身を起こし、頼もしくもともどおりに落ちつく。

甲板にでたセムとハムは手こずっていた。全身しぶきを浴び、水に洗われて左右に傾く甲板で立ちあがることすらままならない。自分がすべるたびに窓辺の動物たちがにやにやするのを見て、ハムはますます不機嫌になっていく。

四苦八苦したあげく、ふたりは大きな道板《みちいた》を無事にくくりつけた。縄の切れ端を集めていると、箱舟の片方の端から割れるような大音響がした。

「いまのはなんだ?」セムは風の音にかき消されまいとどなる。

「扉が閉まったんだ」ハムは手元から目を離さずに答える。

ふいにセムが叫ぶ。「フワコロ＝ドンが外にでたぞ。たいへんだ! 落ちるぞ」

甲板のはるか端に左右に激しくころがる小さな丸い物体が見える。どうすることもできずに、いまにも落ちそうになりながら、低い手すりにぶつかったりはずんだりしている。セムはフワコロ＝ドンにむかって甲板を全速力で走っていく。そのとき、箱舟が傾き、フワコロ＝ドンはセムのほうに勢いよくころがってきた。セムはフワコロ＝ドンを捕まえようと身構えたが、ふたりが出会う寸前、ひどい横揺れが襲った。脅《おび》えきったフワコロ＝ドンは脇にそれ、「助けて！　助けて！」と叫びながら、セムの横をすり抜けていった。

「ハム、早く、捕まえろ！」セムが叫ぶ。

ハムは狭い通路のまんなかで、両足でしっかりと踏んばり、両手の指を広げ、手首をそろえ、待ちかまえた。

今度こそフワコロ＝ドンは捕まるだろう。ところが、ころがる勢いにいよいよ拍車がかかり、ハムの数ヤード手前で体が宙に浮いた。ハムは手を伸ばすのはおろか、ものを考える暇もない。ドスン！という音とともに、甲板に仰むけに倒れ、息を切らした。小さなフワコロ＝ドンは必死でハムの腹にしがみつき、水中に落ちるかわりにそこらでいちばん柔らかい肉布団の上に落ちたことに胸をなでおろしていた。

われにかえると、ハムはあわや溺れかけたフワコロ＝ドンに怒ってもしかたがないと悟った。窓辺にすずなりの動物たちと目をあわせないようにしながら、セムといっしょに一歩一歩踏みしめ、箱舟のなかに入った。

「おまえたちがふらふらできる天候じゃない。風が止《や》むまで船室でおとなしくしてろよ」と、ハムはフワコロ＝ドンにいい聞かせた。

フワコロ＝ドン以外の動物たちも、箱舟の横揺れに悩まされはじめた。むろん、カバと妻のように一部始終を楽しいお遊びとみなす動物もいて、廊下を歩きまわっては、箱舟が揺れるたびにものすごい音をたてて船室にぶつかっていた。船の揺れに慣れるという名目で。だが、たいていの動物は、なぜかわからぬまま、不快な気分をつのらせていた。

とくにフタコブラクダとカンガルーは文句たらたらだ。

「腐りきった箱舟だってんだ。こんなところに来なきゃよかった。なんだって――？」と、船室にいるフタコブラクダが唸ると、箱舟が大きく揺れ、廊下の先でなにかがぶつかる音に文句はかき消された。

「いったいどうしたのかしら？」カンガルーが船室で叫ぶ。返事がわりに、大爆笑が聞こえてきた。あの声はカバにちがいない。

「かみさんのアンナだよ。カタツムリの船室の前ですべって、間仕切りを突きやぶってカメの船室にこんにちはってさ。背中が硬いやつらでよかったよ！　さあ、来い、アンナ、しっかりしな」

「あのカタツムリってのは、だらしなくってねえ。なんでどこにでもあのねばねばを残すのかしらね？」と、カンガルーがいった。

「おれに聞かんといてくれ。まあ、ヤマアラシよりはましや。かわいそうな黒クマのおやじの話を知ってるやろ？」ヤクが答える。

「いいえ。なんのことなの？」カンガルーがたずねた。

ヤクは咽喉《のど》の奥を鳴らした。笑うのが苦手なヤクの精いっぱいの笑いだ。「風呂のなかやった。ヤマアラシが針を落として、黒クマが見つけたんや――、というか、針が黒クマにはりついたっていうべきやろか」ヤクはふたたび咽喉を鳴らす。「黒クマのおやじ、えらい怒りよってな！」

そのとき、昼食の鐘が響き、ヤクとカンガルーはつれだって食堂にむかった。食卓についている動物は少ない。

「ヤフェトや、もう一度鐘を鳴らしておくれ。聞こえなかったのかもしれん」ノアがいった。

まもなくカバと妻がくすくす笑いながら顔を上気させてやってきた。つづいて青ざめ、息も絶え絶えのダチョウが、最後にスカブがやってきた。食堂は妙にがらんとしている。集まった動物も食欲がなさそうだ。一口食べては皿を押しやったり、半分食べてはよしたりで、食事はいつになく早く終わった。

「みんなどうしたのかしら？　お昼のときはどこにいたの？」カンガルーは廊下に集まっている動物たちに話しかけた。

「知らないのかい？　船上で病気が流行《はや》ってるんだ。みんな、船室にこもって、けっこう苦しそうだよ。風が強くなったときにはじまったんだ。ぼくが思うに、きっと船室の隙間風のせいだよ」サルがいう。

「べつの説を開陳してもよろしいですかな？」サルの背後で慇懃《いんぎん》な声がした。動物たちはびくっとして、たがいに寄り添った。どこからともなくやってきては会話に口をはさみ不安を煽《あお》るスカブには、なぜか不快なところがある。「わたしたちが与えられている食べ物のことを考えたことがおありですかな？」と、スカブはつづけた。

箱舟が横揺れし、フタコブラクダの船室から呻き声がした。

「むかし、あるウサギが有毒な根っこを食べまして。あの気の毒なフタコブラクダそっくりに、苦しみだしましてね」スカブは目をなかば閉じたままつづける。

動物たちはしんとなった。やがてカンガルーがいった。「でも、わたしたち、何週間もおんなじものを食べてるわ」

「それなんですよ。じわじわ効く毒ってやつですな！」スカブがおもむろにいった。

「そりゃひどい！　ノアにいわなくちゃ。すぐに変えてもらわなくちゃね。そういわれると、ぼくも胸がむかむかする」と、サルもいう。

箱舟がふたたび横揺れし、波間にもぐり、のたうつ。動物たちはあちこちにぶつかって倒れた。しっかりと立っていられるのは、大きなしっぽに支えられているカンガルーだけだ。動物たちは起きあがり、ふたたびカンガルーのまわりに集まった。

「ノアにいっても無駄です。それじゃ解決策になりませんね」スカブは弛《たる》んだ唇をいやらしくくねらせた。

「そうかな、でも――」サルはいいかけて口をつぐみ、「ちょっと横になって休んでくるね」と、力なくいった。

その日一日、さらにその後二日のあいだ、あらしはつづいた。箱舟のまわりに陸地がなかったのはさいわいだった。さもなくば、打ちつけられ、沈んでしまっただろう。

それでも、三日目になると、あらしはやってきたのとおなじように唐突に止んだ。波はだんだんおだやかになり、箱舟は横揺れしなくなった。つぎの朝、ほとんどの動物たちは甲板に元気な姿を現した。ハムはフワコロ＝ドンたちに船室からでてもよいと申しわたした。船上の生活はもとどおりになった。だが、その後の数週間にこのときのようすをふりかえったノアは、箱舟の生活にゆっくりとだが確実に忍びよった悪の影が、このあらしの三日間にはじめて姿を現したことに思いいたるのだった。

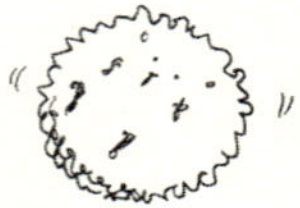

15　不安

あらしのあとは晴天がつづいた。はじめはすべてがもとどおりに収まり、動物たちの具合が悪くなる以前とおなじ生活がつづくように思えた。だが、何週間もすぎるうちに、まず老ハゲコウノトリが、そのうち全員が、日々忍びよる変化に気づくようになった。みんなは以前のように甲板で遊び、水浴びし、照りつける陽光のもとでうたた寝した。だが、なにかが変わっていた。もはやしあわせな大きな家族ではなくなっていた。かつての仲間意識は消え、かわりにあらたな、邪悪ななにかが忍びこんできた。やがて動物たちはいくつかの集団にわかれていった。内輪で集まっては、ほかの動物が脇を通ると黙りこむ。とくにトラやヒョウの態度はあけすけだった。シカや頭の足りないヒツジがうっかり話しかけたり、近づいたりしようものなら、遠慮なくにらみつける。

機知にとむ楽しい仲間だったキツネも動物の輪からはずれ、謎めいたようすでうろつきまわるようになった。フクロウによると、夜中に目がさめたとき妙なことを目撃したという。キツネが鳥たちの領分に忍びこみ、眠っている二羽のニワトリをじっと見あげて座っていたのだ。フクロウが鳴くと、音もなく闇にまぎれていった。

当時、これらの変化とスカブをあきらかにむすびつける要因はなかった。フタコブラクダのように文句をいうわけではないが、スカブのわけ知り顔でお世辞たらたらの話し方はまわりを狼狽《ろうばい》させた。どこに行っても、嫌な気分をかきたてた。つねに動物たちの集団から集団へと動きまわり、意味深長な言葉を残しては、大事な仕事でもあるかのように、こそこそと去っていく。

スカブがとくにねんごろにつきあったのは大きなネコ族、つまりトラ、ライオン、ヒョウ、ピューマたちだ。スカブはこの動物たちをちやほやし、うぬぼれや冷淡さを助長した。親友のオオカミやキツネやイタチとは暗い片隅で頭をよせ、真剣に話しこんだ。そこでいかなる悪しき考えが生みだされたかは、想像にかたくない。

船上の動物や鳥のなかで、最初から用心していたハゲコウノトリだけがスカブの悪巧みに気づいていた。やがて、慇懃《いんぎん》な物腰のスカブにまるめこまれないカンガルーやアカシカやカバのような大型動物をはじめ、気立てのいい動物たちのあいだに、スカブへのおぼろげな不信感が生まれた。

「あいつはどことなく好きになれないな」ある日、カバがそういった。

「わたしもよ。ぞっとするわ」と、ゾウがいい、ちらちらと肩ごしにうしろを見る。

「なんだって、あのばかな大型ネコどもをちやほやするんだか。もともと気取ってるのが、あいつのせいで、手がつけられないのなんのって」カバがつづける。

「あら、ネコたちだけじゃないわ。みんな、どうしちゃったのかしらね？　今朝だって、いろんなところで『おはよう』っていったんだけど、だれもまともに返事をしてくれないのよ」カンガルーは悲しげだ。

「ほんとうね。トラに近よると、妙な気分にさせられるの。じろりとにらむんですもの。みんな、ひどくむっつりしちゃって」アカシカが同意する。

「全部、あのスカブのしわざよ。今朝、ナナジュナナたちが隅っこでおいおい泣いていたわ。スカブの寝言を聞いたんですって――、船室が隣だからね――、でも、なにを聞いたのかは教えてくれないんだけど」カンガルーがつづけた。

「おかしいよな、あんなふうにちびさん連中をおじけづかせるなんてさあ」と、カバがいった。

「ぼくたちのことが大嫌いなんです」と、足元で小さな真面目な声がした。カバが見おろすと、二匹のフワコロ＝ドンがいた。会話にじっと聞きいっていたらしい。

「なんでわかるのかな？　そういわれたのかい？」カバは陽気にたずねた。

「そうじゃないけど！　ぼくたちを見るときの目つきがね——、口元が変にぬらぬらして——、にらみつけるんです、まるで、まるで——」そこでフワコロ＝ドンは口をつぐむ。

「だれもいないときだけなんです。ぼくたちにひどいことをしたいんだ、きっと。ただ、その勇気がないだけで」もう一匹のフワコロ＝ドンがつづけた。

「おまえたちにどんなことがしたいってんだい？　スイカだと思ってるとでも？」カバは笑顔でかえす。

「なんだかわからないけど、でも、キツネはもう知ってるし、オオカミも知ってるんです。それに、いまはトラになにか教えこんでるんです——、あなたを使ってね」。

そこでフワコロ＝ドンはアカシカのほうに少しころがった。まん丸なので、それが指をさすかわりなのだ。

アカシカはぎくっとした。「とにかく、水がすっかりひいて、陸にもどる日が待ちどおしいわ」

「水はどこに行くのかしらね？」カンガルーがたずねた。

「どこにも行かねえんじゃねえか？」フタコブラクダが唸る。

「もちろん、どっかに行くさ。ついこのあいだ、ノアがいってたじゃないか？」と、カバは笑った。

「それじゃあ、どこに行くってんだい？　どっかに行くはずだろ？」フタコブラクダは納得がいかない。

カバは一瞬、困ったような顔をしたが、すぐに笑顔をとりもどした。「そりゃ、縁《ふち》から落ちていくのさ」

ゾウはびくっとして、聞きかえす。「どういうことかしら？　縁ってどこの？」

「そりゃ、世界の縁さ」と、カバは答えた。

ゾウは真っ青になり、震えだした。ほかの動物たちはいぶかしげに見つめた。

「いったい、どうしたのよ？」カンガルーが叫んだ。

「だって、たいへんだわ！　わかるでしょ？　わたしたちは水に浮かんでいるのよね。

だから、水といっしょに縁から落ちちゃうのよ。どうしましょう！　どうしましょう！」ゾウは裏がえった声でくりかえす。

一同は一瞬、黙りこくった。カンガルーは「嫌だ！」と、小声でいい、壁によりかかった。

やがてカバが口を開く。「そりゃ、おおごとだな」

「でも、縁なんてないのかも」片方のフワコロ＝ドンがいった。

「縁がないですって？　どういうことなの？　だって、縁はあるはずでしょう？」ゾウがたずねた。

「もしかすると、世界はぼくたちみたいに丸くて、縁なんてないのかも」フワコロ＝ドンがいう。

動物たちは不安を忘れ、大笑いした。「おばかなおちびさんだな！　おまえらみたいにまん丸いだって！」カバは涙がでるまで笑いころげた。

「丸いはずなもんか。みんな落っこっちまうじゃねえか」フタコブラクダがいう。

ゾウは身震いした。

「そうよ、おかしなおちびさんたち」ほかの動物たちも口をそろえていった。

フワコロ＝ドンたちはむっとして黙った。

「すぐにノアに会わなくちゃ。ほんとうにたいへんなことだわ！」と、ゾウは叫んだ。

「おれもいっしょにいくぜ。だから、腐りきった箱舟だっていったろ」フタコブラクダもいう。

カバは笑いすぎて身動きがとれないらしい。「いまのを聞いたかい、アンナ？ 世界がフワコロ＝ドンみたいにまん丸だとよ！」そういって、ふたたび笑いころげるのだった。

その間、ゾウとフタコブラクダは急いで甲板を進み、ゾウが先頭になってノアの事務室に飛びこんだ。おかげで扉のすぐ内側にいたハムはひっくりかえりそうになった。

「この不器用なトンマめ！ 扉を叩いてから入れよ！」ハムはかっとなってどなる。

ゾウは心配のあまり、ハムの声が耳に入らない。「たいへんよ！ たいへんよ！ わたしたち、もうおしまい、おしまいなの！」と、あえぐ。

「おしまいなのは、あんたの面《つら》だ」ハムがいいかえす。

ノアはハムをたしなめるように手を挙げた。「なにか問題があるのかね？」おだやかにたずね、ゾウよりは落ちついているらしいフタコブラクダのほうをむいた。

「たいしたことじゃないんだけど、縁まで行ったら、どうなるんだい？」フタコブラクダが皮肉たっぷりにたずねる。

「なんのことかね？」ノアはすっかり当惑して聞きかえした。

「だってさ、水はいったいどこに行くのさ？　世界の縁から落っこちるんだろ？」と、フタコブラクダはつづけた。

「なんということを！　世界には縁などないのじゃよ」ノアがいった。

これにゾウは気をとりなおしたが、まだ不安げだ。「縁がないですって？　なら、なにがあるの？」

ノアは助けを求めてあたりを見まわしたが、ヤフェトはいない。「ああ、世界はつづいていくんじゃよ」と、曖昧《あいまい》にいう。

フタコブラクダは鼻を鳴らした。「じゃあ、この水はどこにも行かねえんだな？　おれのいったとおりだ。みんな、ずっとこのままなんだ」

「むろん、水はひくとも」ノアはそう請けあう。

「でも、どこに行くの？」ゾウはいまにも泣きだしそうだ。

「それはのう、沁みこんでいくのじゃよ」ノアはちょっと自信がなさそうだ。窓から外を見やると、ずいぶんたくさんの水が広がっている。「そのあと、乾くのじゃ」
いい思いつきとばかりに、そうつけ加えた。

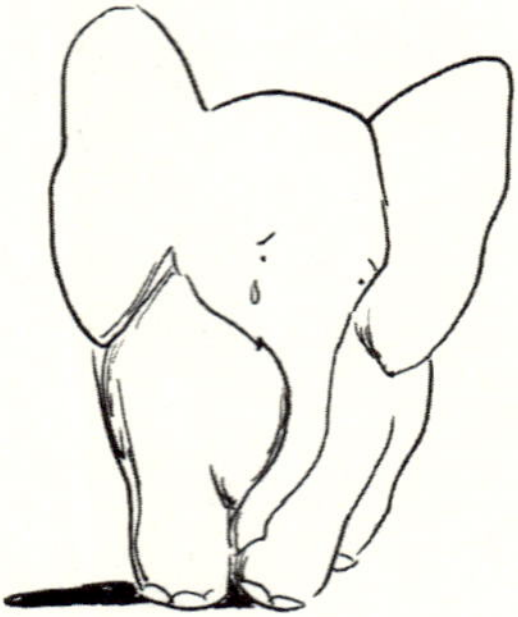

16 ナナジュナナの最期

その夜、ゾウはなかなか寝つけなかった。世界の縁《ふち》のことばかり考えていた。日中、ノアの言葉は心づよかったのだが、暗闇ではそうはいかない。それに、床につく前に甲板にそっとあがって確かめたとき、縁を見たような気がした。水は空を背にして唐突にまっすぐな線で終わっている。いま、暗い船室で震えながら、あの長いまっすぐな線のむこう側を思い描いてみる。水はどんどん流れ、落ちていく――底なしの空間へ。そして輝く水面を丸太のように箱舟がすべり、だんだんとあの恐ろしい縁に近づいていく。縁でわずかに揺れながら止まり、片端が持ちあがり、もうひとつの端が傾く！ そのとき、頭上の甲板でなにかがころがる音と、パシャン！ と水がはねる音がした。ゾウは悲鳴が止まらなくなった。どこまでが夢か現《うつつ》かわからぬまま、廊下にころがりでた。すぐに大騒ぎになった。みんな船室から頭を突きだし、どうしたのかと叫んでいる。

「たいへん、なにかひどいことがおこったのよ」ゾウは巨体を揺らしながら呻く。

「どうしたんだよ？　頼むから、いってくれ」フタコブラクダは機嫌が悪い。

「眠りかけたところだったの。甲板をころがる音がして、わたしの船室のすぐ外で水音がしたの。きっとだれかが落ちたんだわ」ゾウはまくしたてる。

「たいがいフワコロ＝ドンが眠りながらころがったんやろ」ヤクが陰気な声でいう。

「かわいそうなフワコロ＝ドン。溺れちゃったんだ！　溺れちゃったんだ！」クリダーたちは、手をもみしぼりながら嘆いた。

「ちがいます。そんなひどい嘘をいわないで！」と、廊下の奥からふたつの声が響く。

目をさますなり自分たちが溺れたと聞かされたフワコロ＝ドンたちだ。

「おまえらやないんやったら、だれや？」ヤクは眠そうだ。

「ゾウがうなされたんだ。全部、夢だ」フタコブラクダがいった。

「ちがうわ」ゾウがむっとする。

「せやかて、フワコロ＝ドンはいるんやで」ヤクがいい返す。

「フワコロ＝ドンだなんていっていないわ。そういったのはあなたよ。わたしがいったのは――」ゾウは憤慨する。

「いったいどうしたんだ?」廊下の端から声が聞こえ、セムがやってきた。あとにハムとヤフェトを従えている。

「ゾウがいうんだ。だれかが落っこちたって」フタコブラクダが説明した。

「じゃあ、議論なんかしてないで、たしかめろよ」セムは叫び、くるりとむきなおり、甲板に駆けていく。

「そりゃええ考えや。証明ってやつやな」ヤクはいい、ほかの動物たちとともに、ゾウが寝しなに聞いた水音の原因をつきとめに甲板にでていった。

甲板は、真昼のような明るさに包まれている。大きな丸い月が頭上に輝き、さざ波を銀色に染めている。ヤクが外にでると、そこにはセム、ハム、ヤフェトとともに大勢の動物が押しあいながら手すりにもたれかかり、目を皿にしてゾウの船室の外の水面を見おろしている。

「だれも見えないな。夢じゃないいんだね?」セムがたずねた。

「絶対にちがうわ」ゾウは譲らない。「わたし、ちょうど――、あれはなに?」ふいに口をつぐみ、五〇ヤード先を鼻で示す。近眼のゾウには丸い暗い影のようなものしか見えない。だが、その場にはゾウより目がきく動物が大勢いる。みんな、いっせいにその影を凝視した。「樽《たる》みたいだね」セムがいった。
「だれかが乗ってるぞ」と、トラがいう。ネコ族なので、夜目がきく。「たぶん、あれは――」と、いいかけ、耳を澄ます。水面をつたい、しんとなった箱舟の一同の耳に、ふたつのか細い歌声がとどく。つっかえながら、調子っぱずれに歌う声。

箱舟から抜けだそう。
闇に乗じて逃げだそう。
出発するんだ。
夜は明けるんだ。
　樽に乗ってりゃ安心そのもの。
　スカブの脅威もなんのその。
勇気はあんまりないけれど。
水は冷たくよせくるけれど。

帆なんてないんだ。
しっぽでこぐんだ。
樽に乗ってりゃ安心そのもの。
スカブの脅威もなんのその

箱舟の一同は身じろぎもせず、物音ひとつたてない。やがて歌の最後の文句が消えていく。

「かわいそうに。ナナジュナナだ」と、ようやくヤフェトがいう。

セムは冷静だ。「早く！ 縄だ！ 縄を投げてやれ！」と、叫ぶ。

みんなわれにかえった。機転がきくのを鼻にかけているサルが縄を見つけ、端を握り、力いっぱいナナジュナナのほうに投げた。手を離す瞬間、妙な感触がした。だいたい、短すぎる。それに、宙を飛んでいくときに、変なかたちに曲がる。バチャン！ 水を打ったが、落ちた場所はナナジュナナのはるか手前だ。小さな顔と首が現れ、箱舟のほうに矢のようなさざ波がつたう。

「ばか者！ だれがヘビを投げた？」ハムがどなる。

「ぼく、ぼく、縄だと思って――」サルはめずらしく言葉につまる。

「じゃあ、拾えよ」ハムはふたたびどなった。

その間、セムたちはナナジュナナを助ける方法を探していた。ついにセムが重い口を開く。「だめだ。充分な長さの縄はないし、あったとしてもあそこまで投げられない」

樽はどんどん遠くに流されていく。ときおり、けなげな歌声が聞こえてくるものの、聞こえるたびにか細くなっていく。

「かわいそうに。計画していたんだわ。だから、隅っこに隠れて、ずっとようすがおかしかったのよ」アカシカが涙ぐんだ。

箱舟ですごすうちに、みんなナナジュナナのことが好きになっていた。いつもだれにでも気にいられようと懸命だったナナジュナナ。助けるすべもなく、二匹が見知らぬ運命にむかって流されていくのを見ているのはやりきれない。

悲しい沈黙があたりを支配した。気を紛らわすために、ハムはサルのところにどたどたとやってきた。「ほらそこ、まだヘビを引っぱりあげてないのか?」。サルは交互に片足跳びをしながら、おっかなびっくり片手をヘビに伸ばしている。ヘビはサルの手がとどかないところで水中をぐるぐると泳いでいる。「とどかないよ」サルは情けなさそうにつぶやく。

「しっぽを手すりに巻きつけて、体をおろすんだ」と、ハムが命じた。

従うしかない。サルは恐る恐るしっぽを手すりに巻きつけ、顔を箱舟の下の冷たい、黒い水にむけ、体をおろした。ヘビをつかみ、引きもどそうとするが、重すぎる。

「放して。重すぎるよ」サルはヘビを放そうとしたが、相手はサルの手首に巻きついてくる。

「そ・そ・そのまま、そ・そ・そうっとしてろ」ヘビはサルの顔のそばでささやき、サルの体をつたって上っていく。

サルには、何時間もそこにぶらさがっているように思えた。顔の間近に真っ黒な水がある。しっぽが手すりからずれ落ちるのではと思うと怖い。冷たい、水が滴《したた》るヘビはゆっくりとサルのしっぽまで這いあがっていった。寒さと恐怖で歯をかちかち鳴らしながら、サルはようやく安全な場所にもどった。

甲板ではだれひとりとして身じろぎしない。一同はかすかに水面をつたってとどく歌声に神経を集中させている。もはや言葉を聞きとれるのは、ゾウをはじめ、数匹にすぎない。

一週間はもちこたえるんだ。
トウミツの滓《かす》でがんばるんだ。
それに水なら充分さ。
たっぷりあること請けあいさ。
樽に乗ってりゃ安心そのもの。
スカブの脅威もなんのその。

どこに行くかはわからない。
それでも行くんだ、気にしない。
望みが叶えば、光も差そう。
いつか陸地を目にしよう。
だってぼくらの樽は安心そのもの。
スカブの脅威もなんのその。

それが一同の耳にとどいた最後の言葉だった。それでも、みんなはそのまま立ちつくし、輝く水面の上の小さな暗い影を見つめつづけた。影は染みになり、小さな小さな点になり、ついに永遠に消え去った。

動物たちは悲しみにうち沈み、すごすごと船室にもどっていった。その後姿にむかってセムが呼びかける。「そこにスカブはいるか?」答えはない。

17　さらなる危機

動物たちが大きな扉から入っていくのを見とどけたあと、ノアの三人の息子は、ナナジュナナが消えた方角を名残惜《なごり》しそうにしばし眺めていた。それから船内に入っていった。

「今夜、とうさんに報告するの？」ヤフェトがたずねる。

「とうさんを起こしてもしかたないだろう。なにかできるわけでもないし」と、セムが答えた。

だが、ノアの船室の前にさしかかると、なかから呼ぶ声がした。三人がなかに入ると、ノアは寝床で身を起こしていた。「いったいなにがあったのかね？」

セムはカンテラをテーブルの上においていった。「ナナジュナナが行ってしまいました」

「行ってしまったとは？　甲板から落ちたのかね？　溺れてしまったのかね？」ノアは驚いて聞きかえす。

「いや、逃げだしたんだ」ハムがいい添えた。

ノアは茫然《ぼうぜん》としている。「逃げだした？　どうやって逃げだしたのかね？」

ヤフェトが説明する。「空《から》のトウミツの樽《たる》に乗って行ってしまったんです」。

「それでは溺れてしまうではないか？　あわれなおちびさんたち！　なぜそんなことをしたのかのう？」

ハムがまくしたてた。「あのスカブのやつだ。どうやったかはわからないけど、脅かして、命の危険を感じさせたんだ」

「スカブだけじゃないんです。近ごろ、みんなして変だったんです。なにがいけなかったのかな。むかしみたいに、やさしい、気のいい仲間じゃないんです。難癖つけあったり、にらみあったりするばかりで」と、ヤフェトがいった。

ノアは心配そうに鬚《ひげ》をなでた。「たしかに、わしもみんなの変化が気がかりでのう。とくに食事のときがひどい。以前のように和気あいあいとはいかんのじゃ。だが、これほどとは思わなんだ。困ったのう。きわめて深刻なことじゃ。ナナジュナナが絶滅してしまうのだから。ああいう貴重な動物が失われてはいかん。フワコロ＝ドンやキリンやクリダーのいない世界など、考えられんじゃろう？　ひとたび失われたら、新しい動物が生えてくるわけじゃないのだから」

「黒幕はスカブです。小さな動物を脅かしているだけじゃありません。大きな動物もそそのかしているんです」セムが説明した。

ハムが腹に据えかねたように口をはさむ。「あいつを水に投げ落とそうぜ。あいつの顔を見ると虫唾《むしず》が走る。あの、忌々《いまいま》しい――」

「ハムや、ハムや。不機嫌になっているのは、動物たちだけではない。おまえも近ごろおかしいぞ。今朝だって、ゾウにずいぶん失礼な物言いをしたではないか。その上、いまの発言は聞き捨てならん。わしらは動物たちにお手本を示さねばならんのじゃ。水に投げ落とすなどといってはいかんぞ」ノアはやさしくたしなめる。ノアが苦言を呈することはめったにないので、ハムは恥じいり、うなだれた。

しばらくしてセムがいった。「では、どうします？　このままではいけませんよね」

「オートミールが問題なんじゃないかな？　すっかりうんざりしてる動物も多いみたいだし。とくにライオンやトラたちがね」と、ヤフェトもいう。

ハムが提案した。「トウミツをふやしたらどうかな？」

「それがよかろう。よい思いつきじゃ。あすの朝食のときに発表しよう。今後は、トウミツをこれまでの倍にしよう」と、ノアがいう。

「それでいつまでしのげるかわかりませんが、試してみる価値はありそうですね。とにかく、早く陸地が見えるといいんですが」セムはちょっと納得がいかないようだ。

「いつ見えてきてもおかしくないはずじゃ。朝になったら、なにか見えるか鳥を使いにだしてみよう。それから、ヤフェト、朝食後にわしの事務室に来るように、スカブに伝えておくれ」ノアがいった。

　翌朝の動物たちの態度は、なにかがおこったことを物語っていた。いつもより静かだったし、カバでさえ、風呂のときにしぶきをあげて騒ぐ気分になれないらしい。だれもがたがいの視線を避けている。みんな、近ごろ不機嫌だったたのを反省し、自分もナナジュナナの逃亡の責任の一端を担っているのでは、と気がとがめている。

　ノアの事務室でなにがあったのかはわからない。その後、スカブは何日も身をひそめ、食事のときだけ船室からでてきては、食べ終わるとそそくさともどっていった。ところがしばらくすると、知らん顔を決めこむことにしたらしい。ふたたびあたりをうろつく姿が見られるようになった。

スカブを非難する者は少なかった。小さな動物たちや、カバやアカシカのような数匹の大きな動物をのぞいては。なんといっても、スカブが手を下したわけではなかったし、ナナジュナナが小心者だったのは周知の事実だ。キツネにいたっては、相手を選ばず、何度もくりかえした。「ほんとうに気の毒なんだぜ。まったく運の悪いことでさ！　スカブはすっかり傷ついているんだ。感じやすい性分だからな」

結局のところ、ナナジュナナの逃亡は、スカブとその態度を嫌う動物と、スカブとの交流や悪しき助言を受けいれた心得ちがいの輩《やから》とのあいだの溝をさらに深めたのである。

翌日、朝食時に食卓でオートミールが配られるとき、ノアが立ちあがった。一同は押し黙り、ノアがなんというかを気にしている。話がはじまると、みんなは安堵《あんど》の胸をなでおろした。「みなさんに、楽しい知らせがあります」ノアはそういいながら、食卓についた面々をいつものようにやさしく見まわした。歓声があがったが、ノアがなにをいいだすのか興味津々の動物たちが沈黙をうながした。

「みなさんが明るい気持ちになるように、今後はオートミールにかけるトウミツをこれまでの倍にすることにしました」ノアがつづけた。

一同は大喜びだ。例外は、つね日ごろトウミツに手足をからめとられて困っていたガガンボだけだ。

騒ぎが収まると、ノアがつけ加えた。「もうひとつあります。箱舟ですごす残りのときを、おたがいに努めてやさしく親切につきあってもらいたい。もう長くはないと思うのじゃが。小さな心づかいが、大きなちがいをもたらすものです。どうか、なるべく満ちたりた気持ちですごしておくれ。ご清聴ありがとう。わしからは以上じゃ」

ノアが着席すると、いっせいにおしゃべりがはじまった。もうすぐ箱舟から解放されると思うと、俄然《がぜん》、元気がでる。近ごろ判で押したようにむっつりしていた顔が、船上のはじめての食事のときのように、明るく輝いている。だれもがあのすてきな林に帰ったらなにをするかをうれしそうに語りだした。一年中、熟《う》れた果実がなり、手を伸ばせばいつでも、好きなだけモモやメロンをもぎとれる、あの林。

「いつになるんやろ。あそこをでてから、だいぶ長いことになるんやけど」ヤクがいった。

「あら、きっともうすぐよ。そうでなかったら、ノアはあんなことをいわなかったわ。

きっと、あしたか、あさってなんじゃない？」カンガルーは楽観的だ。

朝食のあとに船室が片づくと、ノアは甲板にでて、あたりを見まわした。そして屋根の端に止まっている貫禄たっぷりのイヌワシを指していった。「ハム、あの鳥にここに来るように伝えておくれ」

イヌワシは優美に旋回しながらおりてきて、ノアの脇の手すりに止まった。

「空高く飛んで、どこかに小さな樽が浮かんでいないか見てきておくれ。小さな動物が二匹乗っているはずなのじゃが」と、ノアは頼んだ。

返事がわりにイヌワシはぎこちなく片足飛びをするなり、宙に身を躍らせた。巨大な羽のひとふりでノアの頭上高く浮かび、大きな円を描いて上へ、上へと飛翔していく。青空を背に小さな黒い点になったかと思うと、視界から消えた。

数分後、ハムが見つけたとき、イヌワシの姿はだいぶ大きくなっていた。力のみなぎる翼を広げ、下へ、下へと旋回し、羽をひとふりしたかと思うと、ずっとそこにいたかのように、ふたたび澄まし顔で手すりに止まっている。

「なにも見えん。木の枝が数本、浮かんでいるだけだ」イヌワシはいう。

「ありがとう」と、ノアはいい、顔をそむけてそっとつぶやいた。「あわれなことよのう」

「陸地は見えたかい?」知らせを聞きにやってきたセムがたずねる。

「まったく見えん」イヌワシはいう。

「もうまもなくじゃ」ノアはあきらめない。

ところが、二日後、これまで動物たちが受けてきたなかでいちばん残酷な仕打ちが待ちうけていた。大気はいつもよりひんやりとして、空は曇りがちだった。たいていの動物は箱舟のなかに退散し、昼寝をしていた。甲板でうたた寝しているのは、毛皮の厚い数匹の動物だけだ。

ふいに年寄りの黒クマが目をさまし、唸った。「よくも水をかけたな!」だが、だれもいない。何匹かの動物がぐっすり寝こんでいるだけだ。「あの生意気なサルのしわざだ。待ってろ。捕まえたら、お仕置きだ」。黒クマは思い、サルが隠れているとおぼしき箱舟の隅にむかって足を忍ばせた。ちょうど半分までさしかかると、フタコブラクダがおなじように目をさまし、嫌みっぽくいった。「いい年をしてよう、ばかな真似《まね》をしないでくれ」。黒クマはフタコブラクダをじろりとにらんだ。腹がたってきた。だれかがおれのあとをつけているのか? 黒クマはくるりとむきなおった。その

瞬間、二匹は冷たい、無慈悲な雨粒を肌に感じた。

「雨か！」黒クマは空を見あげた。恐怖を抑えきれない。

「そうらしい。これだから、ノアは信用ならねえ。腐りきった箱舟だぜ」フタコブラクダはかんかんだ。黒クマは憂鬱《ゆううつ》そうに頭をふり、のそりと角を曲がって行ってしまった。

箱舟のなかに入ると、そこは雨に気づいた動物たちでごったがえしていた。あたりは不安でいっぱいだ。動物たちは船室から走りでて、目をこすりながら窓に駆けより、外を眺めた。すでに外のようすを見た動物は、肩を落とし、沈む心で顔をそむけている。はじめ、動物たちはあまりのことに言葉を失っていたが、やがて、憤慨と失望のつぶやきが湧きおこり、低い唸り声となって箱舟中に広がった。

「これで水もさぞ乾くだろうよ」トラは吠え、激昂《げっこう》して耳を伏せ、口を大きく開けた。

「ノアのやつ、おれたちがもうすぐここをおさらばできるっていってたよな」オオカミも唸った。

「でも、ここにいれば、オートミールをたっぷりいただけるし、トウミツはこれまでの倍ですよ」スカブが意地悪くいう。

そのとき、ゾウがあたふたとやってきた。あたりを見まわし、だれかれかまわず腹の下までのぞきこんでいる。

「クリダーたちを見なかったかしら？ 大丈夫だといいのだけれど」まもなく二匹を見つけると、急いで近より、鼻でなでまわした。

フワコロ＝ドンたちは片隅で声もたてずに泣いていた。

「おちびさんたち、元気をだしな！ そんなにがっかりすることじゃないさ」と、カバがいった。

「わ、わたしたち、い、いやらしい、すべすべした床はこりごりなんです。じっとしているのが、む、むずかしくて」二匹は涙ながらに訴える。

「まあ、気にするなって。ほら、ノアがやってきたぞ。涙をふいて、ノアがいうことを聞こうや」

ノアがセムとヤフェトに伴われて入ってくると、みんなは黙り、いっせいに不安げな視線をむけた。

ノアが話しはじめる。「みなさんにとってもわしらにとっても、たいへん残念なことです」

「そりゃそうよね。ノアにとってもそうなんだわ」カンガルーはわけ知り顔で頭をふる。

「どうか、あまりがっかりしないでおくれ。雨はまもなくあがる。明日はきっといつものように晴れる」と、ノアはつづけた。

だが、動物たちは不満げだ。カンガルーをのぞいては。彼女だけは信じやすい性分なので、すっかり納得している。ほかの動物たちは肩をすくめてうつむいたり、上を見あげたり、みじめな顔でじっとしている。

ついにヤクが口を開いた。「水がどんどん落ちてくるんじゃ、乾かないやろ?」。まわりの動物たちからは「そうだ、そうだ」というつぶやきがもれた。

ノアは答えに窮したが、セムが助け舟をだした。「こんなのはなんでもないさ。ちょっとした雲にすぎないんだ。あっというまに風に吹き飛ばされるさ。ほら、見てごらん。ちっぽけな雲だろう? 青空も見えているじゃないか」。なるほど、外を見ると、セムのいうとおりだ。雨足は弱く、雨雲のむこうでは、太陽が水面を照らしている。

「よし、いいぞ。さあ、来いよ、みんな。お天道様がもどるまで、鬼ごっこだ」カバははしゃいでみせ、フタコブラクダの脇腹を思いきりつついた。ラクダのコブはブラマンジェよろしくぷるぷる揺れている。

セムは正しかった。太陽が沈むころには雨はすっかり止《や》んでいた。ほとんどの動物は、就寝前に新鮮な空気を吸いに甲板にでてきた。沈んでいく夕日と競うように、屋根のてっぺんに止まったツグミが美しい歌を歌いだした。一同はその音色に聞きほれ、しあわせな気分で床についた。スカブと、音感がないウシガエルをのぞいては。

18　陸地発見

つぎの朝、胸躍るできごとがあった。前日の小雨の記憶は一同の頭から消し飛んだ。発見の栄誉に浴したのはキリンだ。早めに起き、ほかの動物がまだ風呂場にいるあいだ、食欲増進のために甲板をそぞろ歩いていたのだが、突然、船室のあいだの廊下を梁《はり》に頭をぶつけないように長い首を水平に伸ばして全速力で走ってきた。キリンがこんなことをするのは、はじめてだ。蹄《ひづめ》が床板にあたって派手な音をたてた。四方八方の船室から動物たちが頭をのぞかせ、なんの騒ぎかといぶかっている。キリンはゾウの船室の前で急ブレーキをかけて止まった。すっかり舞いあがり、鼻息が荒い。話したいことがあるのに、伝えられないときの癖だ。

ゾウはあたふたした。「まあ、どうしたの？　このひと、ものがいえなくて残念ね。あら、案内したいのかしら？」。キリンは扉のほうに首をふっては、行きつもどりつする。

　ゾウはますますうろたえた。「わたし、嫌だわ。なんだか見当もつかないし。じゃあ、みんなもいっしょにきてね。そんなに引っぱらないでちょうだいな」。キリンはゾウの耳をそっとくわえ、せき立てるように扉のほうに小刻みに引っぱる。

　二匹は甲板にでた。好奇心いっぱいの動物たちがぞろぞろとつづく。キリンは一目散に甲板のいちばん高い部分へとむかう。甲板の端はゆるやかに傾斜し、高くなっている。そこでまたもや鼻で荒く息をしながら四本の足でせわしく足踏みし、ゾウを見おろしたり、まっすぐ先を見つめたりする。

　ゾウがいう。「きっとなにか見えるのね。でも、わたしにはなんだかわからないわ」。

「大事なことなんやろな。えらい勢いや」と、ヤクが答えた。

　ダチョウは動物たちをかきわけて先頭まで行き、目をこらした。「なんにも見えない。目には自信があるんだが」

「おまえさんの背が足りないからじゃ」賢い老ハゲコウノトリは冷静だ。

「みんな似たりよったりなんや。しかたないやろ」ヤクが口をはさむ。

「どんなもんだい」生意気な声がして、サルがいきなりキリンの背に飛び乗り、茫然《ぼうぜん》としているキリンの首をすばやく登っていく。てっぺんにつくと、片手でキリンの小さな角をつかみ、片手を額にかざし、キリンが見つめるあたりを凝視する。「水のなかに変てこな白いものがあるよ。きっと——、そうだ、波が円い輪郭を描いてる。あれ？　こりゃすごい！　陸のかけらだ！」一瞬、われを忘れ、つかまっている手を離してキリンの顎《あご》の下までずり落ちたが、体勢をたてなおし、両手を使って甲板におりてきた。

そのとたん、もう少しで踏みつぶされそうになった。みんな踊りまわり、狂ったように喝采《かっさい》し、ありったけの声で「陸だ、陸だ、陸だぞ！」と叫んでいる。船内からほかの動物たちもどっと走りでてきた。風呂あがりのカバは体から水を滴《したた》らせている。しまいにノアと家族もでてきた。ノア夫人は赤いフランネルのガウン姿で、髪にはカーラーを巻いたままだ。

「すばらしいことよのう」ノアは満面の笑みを浮かべている。

「きょう、上陸できるの？」カンガルーが聞く。

「そりゃ無理さ。だって、あれは山の頂上だもん。でも、水がひいてるってことさ」と、ヤフェトは叫び、もっとよく見ようと駆けだしていった。

昼食の時間になると、箱舟のだれの目にもちっぽけな丸い陸地が見えるまでになった。毎時間ごとにさざ波が描く円の輪郭は広がり、陸地はどんどん大きくなり、ほんものの島になっていった。しかし風が凪《な》いだので、箱舟は遅々として進まず、夜になっても陸地とはだいぶ距離があった。

翌朝、島が消えたのではないかとはらはらしながら、だれもが早起きして夜のあいだの変化を見にいった。島は四分の一マイルほど先にある。大きさは箱舟とおなじくらいだ。箱舟がこのまま進むと、島にはぶつからずに脇を通りすぎそうだ。これに失望した動物たちもいた。数か月ぶりに見る陸地のそばを黙って流されていくのは、いかにも悔しい。

「みんなして前足で漕《こ》ぐってのはどう？　そうしたら、陸につかないかしら？」カンガルーは名残惜《なごり》しそうに島を見つめながらいった。

「水面にとどかないわ。それにわたし、漕ぐのは苦手よ」ゾウはいいながら、巨大な太い足を無念そうに見つめた。

「じゃあ、箱舟の片側に力いっぱい息を吹きかけたらどうかしら？　風みたいに」カンガルーがぼんやりという。

「ばかなことをいうなって。でもさ、おいらも上陸できるもんなら、足を伸ばしたいなあ。ノアにどうするのか、聞こうぜ」と、カバがいう。

ノアとヤフェトは甲板の反対側の端で興奮した動物たちにとり囲まれ、矢継ぎ早の質問攻めにあっている。ふたりとも真っ赤な顔で四苦八苦している。

「陸地が流れていくのをやりすごすことはないやろ」ヤクがいう。

「陸地が流れてるわけじゃない。ぼくたちが流されてるんだ」サルがえらそうに口をはさむ。

「もう二度と見えないかもしれないのに」と、だれかがいった。

ノアはため息をついていった。「あそこに上陸しようとしても無駄じゃ。小さすぎる」

「でも、水がひいたら、大丈夫。それまで待てばいいよ」サルはしたり顔でほかの動物たちを見まわした。

ヤフェトはうんざりしたようすでいった。「わかっていないみたいだけど、あれは高い山のてっぺんなんだ。あそこに宙づりになったらたいへんだ。おりることもできなければ、食べ物にありつくこともできないよ。なんとかふもとまでおりられたって、食べ物があるかどうか」

「ああ、そうなの」と、サルはいう。

ノアはつづけた。「わかったかね？　わしらはほんものの陸地につくまで、もうしばらく箱舟で辛抱せねばならんのじゃよ」

ようやくみんなは納得したが、ゆっくりとすぎていく小さな島を無念そうに目で追う動物も多かった。

翌日、そしてその後の数日間、島は視界から消えなかった。箱舟がだんだん流されていくにつれて、山の頂は遠くなっていく。しかし水面から出ている部分は、だんだん高く、さらに高くなっていく。ところが、ある晩、風が強まると、翌朝、動物たちがいくら探しても陸は見えなくなった。これには一同がっかりした。見わたすかぎり、平らな、つまらない水しかない。もうたくさんだ。何日も、何週間もすぎ、さらにときがすぎても、まだ新しい陸地は見えてこない。動物たちはひどく落胆し、いよいよ怒りっぽくなった。

「水はひかないんじゃないか？」トラが唸る。

「今朝、水底までもぐって深さをたしかめようとしたんだけど、なんにも見えなかったよ」カワウソもいう。

「ノアがみんなを箱舟に閉じこめたがるのは、なぜでしょうね」スカブがぽつりといった。

「閉じこめたがる？ だれがそんなことを？」間髪をいれずにトラが聞きかえす。

「またとない機会だったのに、上陸させてくれなかったのはなぜでしょうねえ？」

「そうだぜ。なんでだ？」キツネもたずねた。

何匹もの動物がノアを責めた。不満は聞こえなかったものの、ノアもなにかがおかしいことに気づき、心配そうだ。もはや動物たちをまとめる力が自分にない、と自覚しているのだろうか。何日も、何週間もすぎたが、陸地は見えてこない。そこにあたな危機が襲いかかった。ヤフェトがトウミツの蓄えが底を突きそうだと報告した。朝食のときの一匹分の分け前をもとどおりにもどし、それを減らし、さらに減らしていくほかなかった。ついにある日、ノアはトウミツがなくなったことを発表する羽目になった。

あたりがしんとなった。朝食の残りの時間は、物音ひとつしない。朝食が終わると、動物たちは仲間どうしでかたまった。動物の仲間は以前よりいっそうはっきりとわかれている。カバだけがどこにでも出没する。

「なあ、ひどいことになったよな。トウミツはなしだってよ。オートミールだけだってさ」カバは大きな顔をしかめていう。

「オートミールだと！　がまんならんな！」と、トラが毛を逆立てて吠える。

「かたまりだらけだ。今朝だって、咽喉《のど》につまりそうだったぜ」ヒョウも唸る。

「でもよ、がまんしなくちゃな。早く陸にもどってメロンやらなんやらにかぶりつきたいもんだ」。カバは深くため息をついた。

「まさか陸に食べ物が残っているとお思いじゃないでしょう？」スカブはおもねるようにいう。

カバは不意を突かれ、スカブへの嫌悪を忘れて聞きかえした。「なんだって？　おまえさん、なにがいいたい？　食べ物が残ってないって？」

スカブは視線をそらす。「むろん、水の底で木が腐ってしまったことはご存知でしょう？」

カバは口をあんぐり開け、一瞬、絶句した。それからわれにかえった。「おいらは信じない。なあ、おまえさん、ちと頭がまわりすぎるんじゃないか？」そういって、顎を突きだして去っていく。だが、困惑した表情は隠せない。

「いい気味だぜ」と、ヒョウがあざ笑う。

トラもにやりとした。「とにかく陸地につくといい。果物があろうとなかろうと、たいしたことじゃない」。鋭い爪をたてて巨大な前足を伸ばし、目にうろんな光をたたえている。

事務室ではノア、セム、ヤフェトが額をよせていた。「どうもわからん。乾いた陸地が顔をだしているはずなのじゃが、ちっともでくわさないとは。今朝、物見にだしたかね？」と、ノアがたずねる。

「ええ。手ごたえはありません」セムは浮かぬ顔だ。

「理由はひとつしか考えられない。ぼくたちはずっとおなじ場所を漂流してるんだ。でもここ三日間は順調に風が吹いてるんだし、陸地があるんなら、いつ見えてもいいはずだよね」と、ヤフェトがいった。

「とにかく、早くつくといいですね。動物たちのようすが気になります。トウミツのことだって、あんなに静かだったのは、おかしいですよ。文句をいってくれたほうがよっぽど気が楽だ」セムは真剣だ。

ハムがやってきて、セムの言葉を聞いてこういった。「元凶はあのオートミールだ。もっとも驚かないがね。今朝はおれのだっていぶしたような味がしたぜ」

ノアが悲しそうな顔をしたので、ハムは慌ててつづけた。「最新の情報を知ってるかい？　キツネがうろつきまわって、みんなにふれまわってるぜ。木が全部死に絶えたから、上陸しても食べ物がないって」

セムが口笛を吹いた。「スカブにたきつけられたんだ」

ノアはいう。「おろかなことを。これだけときがたったんじゃ。植物はきっと育っとる」

「そうなんですが、動物たちは不安がってるんです」セムがさらにいう。

ハムがゆっくりといった。「おれが気になるのは、だな、動物のなかに、不安そうじゃないやつらがいるってことだ。聞きちがいだといいんだが、オオカミがいってたぜ。果物があってもなくてもかまわないってさ。おれがどういう意味かって迫ったら、こそこそ逃げていきやがった」

全員が心配顔で押し黙った。そこへ事務室の窓を叩く音がしたので、ヤフェトが外を見た。「おや、ハトだ」そういいながら、窓を開け、なかに入れてやる。

小さな灰色のハトは、ノアの机に舞いおり、嘴《くちばし》にくわえていたものをおろした。

「これを見つけたんだけど」

ノアはそれを拾いあげた。「なにかね？　ああ、これは、これは。小さな葉っぱじゃ」

ヤフェトがのぞきこんで、興奮した面持ちで叫ぶ。「緑色で、ま新しい。陸地が近いんだ。どこで見つけたの？」

「水面に漂っていたのよ」と、ハトが答えた。

ハムはちっぽけな葉っぱをつかみ、甲板に走りでて、思いっきり叫ぶ。「さあ、これでわかったか？　まもなく陸地だ！　木は生きてるぞ！」

19 別れ

その日は日がな一日、手すりから身を乗りだして陸地を探す動物たちの姿が見られた。サルはずっとキリンの頭上ですごした。だが、なにも見えない。夜になっても見えるのは水だけだ。

翌朝も早くからみんな甲板に陣取った。夜明け前からがんばる動物もいた。しかし、あてははずれた。どこもかしこも濃い霧に包まれ、ゾウの頭からしっぽの先さえ見とおせないありさまだ。

「ほんとに早く晴れるといいのにね」ゾウはいらいらと体を揺すった。

「気をつけな！　踏んづけないでよ」足元でだれかが叫ぶ。

「あら、そんなところにいるなんて、知らなかったんですもの」

「この風で晴れるんやないか?」少し先でヤクの声がした。おりしも一陣の風が吹いた。

ふいにゾウが鼻を勢いよくふりあげ、大きく息を吸いこんだ。「なにかの匂いがするわ。そうよ、木の匂いだわ！ すぐそばよ」。そのとき、霧が晴れ、朝日に輝く水面が現れた。その先に陸地が見える。裸の岩ではなく、木や草が生え、背後に山並みをひかえた、ほんものの陸地。

ゾウが高らかに鼻を鳴らす音で全員が甲板にころがりでた。そして心奪われる光景を目に焼きつけた。なるほど、かつて住んでいた土地ほどゆたかな土地ではない。全体をうっすらと覆う泥の層が、いまや乾いてひび割れ、泥は埃《ほこり》になりつつある。しかし、その上に若い草が広がり、陸が恋しい箱舟の住人たちの目には輝かんばかりの緑に映る。かつての木々とは比べものにならないが、木々の枝には薄緑の芽がはちきれそうだ。縁が丸まったまっさらな葉も陽光にきらめいている。

しばらくしてノアが口を開いた。「さて、そろそろ鳥たちにお別れをいうときが来たようじゃ。だしておやり、セム。もう自由だといってやりなさい」。騒ぎに紛れ、セムとハムは日の出とともに箱舟の屋根を開けるのを怠っていた。なかからいらだった声がかすかに聞こえてくる。大きな屋根がゆっくりと開きはじめると、ヒューヒュー、チュンチュン、カアカア、キーキーという耳をつんざく大音響に変わった。わずかな隙間ができると、小さな鳥たちがなだれをうって飛びだした。ミソサザエ、カエデチョウ、ハチドリ。屋根がすっかり開く前に、大気は翼のはばたきで満たされた。鳥の群れは巨大な雲のように空に舞い、ふと一瞬、静止した。甲板のいちばん高いところに立つノアを認めたらしく、「さようなら」「ありがとう」というように、頭上で旋回した。

「さらばじゃ」と、ノアは叫び、別れの合図に両腕を挙げた。それが魔法使いの杖のひとふりだったかのように、鳥の群れはくるりと方向を変え、矢のようにまっすぐ陸地をめざして飛び去っていった。

動物たちが羨《うらや》ましそうに見守っている。

「飛びたいだろ、太っちょ!」フタコブラクダはついにカバに一矢を報いた。

ポチャン! ポチャン! 二羽の小さなペンギンが手すりから上手に飛びこみ、一目散に陸地をめざして泳いでいく。「おまえさんこそ、泳ぎたいだろ」と、カバは上機嫌でフタコブラクダにいいかえす。

「お昼までに上陸できるかしら?」カンガルーがたずねた。

サルがしゃしゃりでる。「そりゃ、もちろんさ」

「おまえになにがわかるってんだ？ すっこんでろ」フタコブラクダがぴしゃりといった。

昼食のとき、箱舟はだいぶ沖に浮かんでいた。お茶の時間になっても、事態は変わらない。動物たちはいても立ってもいられない。箱舟からおりて船体を押せるものなら、そうしただろう。箱舟はちっとも進まない。太陽がどんどん低くなっていき、ついに水平線に沈むころ、ノアから発表があった。きょうはもう遅いので、明朝、朝食のすぐあとに上陸だ。

一同はがっかりしたが、どうすることもできない。闇のなかで上陸しても、寝場所が見つかるともかぎらない。

あたり一面に夜の帳《とばり》がおりたころ、待ちに待った音がした。きしむような音とともに、箱舟がついに陸に乗りあげたのだ。セムとハムは浅い水のなかに飛びこみ、もやい綱を担いで岸まで歩いていき、夜のあいだに漂流しないように箱舟を繋いだ。ノアとヤフェトはしびれをきらした動物たちが一刻を惜しんで陸に駆けよろうとするのを止めて、説得して寝かしつけるのに大わらわだ。

箱舟での最後の夜は、最初の夜をほうふつさせた。ほとんどの動物はうわの空で眠るどころではなく、寝つきのいい動物もまわりのおしゃべりやひそひそ声に妨げられた。

鳥たちがいた屋根裏部屋はがらんとしている。ついさっきまであれほど混みあっていた長い止まり木も、いまやひっそりしている。そこにいるのは、年寄りの太ったメンドリとその夫、そして一羽のホロホロチョウだけだ。オンドリはいらだちを抑えきれずに一晩中ときの声をあげていた。おろかなホロホロチョウは、陸をめざして飛びたったものの、とり乱し、わけがわからなくなって、息を切らせてひきかえし、手すりをすれすれに越えて、甲板に落ちたのだ。今朝までいた何千もの鳥のうち、残されたのはこの三羽だけだった。

＊

明け方のことだ。うとうとしていたフワコロ＝ドンたちが突然、目をさました。あれはまちがいなく船室の扉がきしむ音だ。

「だれなの？」と、二匹は震える声で叫び、心細げに寄り添う。

あたりはしんとしている。だれだかたしかめたくても発光ツノメドリたちが上陸してしまったので、半開きになった船室の扉しか見えない。ふいに、闇のなかから、二匹のすぐそばで、聞き覚えのあるささやき声がした。二匹は凍りついた。「起こしてしまってたいへん申しわけありません。早く目ざめたものですから、闇のなかでまちがえまして――」。フワコロ＝ドンはこらえきれなくなった。恐怖で声がかすれる。

「あっち行って！　あっち行ってよ！　さもなきゃ、大声をだすよ」

「そりゃ困りますな。いま行きますから」スカブは慌てていう。

フワコロ＝ドンの耳にかすかな物音がとどいた。戸口のところでスカブの声が聞こえる。「いずれまたお目にかかることもあるでしょうが――、そのときをたいそう楽しみにしていますよ」スカブが唇をなめる音がする。「それはもう、心待ちにしてね」そういい残して、まわりが寝静まったなかをスカブはだれもいない甲板に這いでていった。夜明けにはまだ一時間ほどあるが、朝に備えて渡された大きな道板の輪郭が空を背景に浮かびあがっている。スカブは三度、頭をもたげ、夜の空気を嗅いだ。それから乗船したときとおなじように、だれにも見られず、だれにも聞かれずに、スカブの姿は闇のなかに溶けていった。

＊

夜がしらじらと明けると、だれもが目をさました。ノアが上陸を朝食後に定めたので、大きな鐘が鳴ったとき、全員が食卓についていた。こんなことは前代未聞だ。

ノア夫人がオートミール用の柄杓《ひしゃく》を持って現れると、歓声があがった。夫人は腹立たしそうに鼻を鳴らした。「おばかさんたちね！　いなくなったらせいせいするわ。まったく、やれやれよ。あのまぬけなオンドリは屋根裏で一晩中鳴きどおしだし、船の中じゃ、ぺちゃくちゃぺちゃくちゃおしゃべりばっかり。一睡もできなかったわ」

「まあまあ、おまえ。みんな早くごはんにありつきたいようじゃよ」ノアがおだやかにいった。実際、しびれをきらして食卓を叩きはじめた動物もいる。

そこでノア夫人はこれが最後のオートミールを掬《すく》っては盛りつけはじめた。動物たちは皿を隣に手渡して食卓の端まで送る。

「気にするなよ、不細工」カバはオートミールにかたまりがあるとこぼすフタコブラクダにむかって叫んだ。ラクダはオートミールの文句をいうのが習い性になっている。

「気にするな。もうすぐ棘《とげ》だらけの荒地に帰れるんだ。そしたら、虫食いだらけの皮がはじけるまで、いくらでも食えるぞ」

一同は大笑いした。「あいつの皮の弛《たる》みが羨ましいんやないか？　おまえの皮はぱんぱんにはちきれそうやから。メロンの食いすぎには気をつけとき」と、ヤクがいう。

カバは大口を開けて笑った。「心配ご無用ってもんよ。メロンなら、おいらとアンナに任せなって。なあ、アンナ？」そういうと妻に目くばせをして、オートミールをかきこんだ。

食事が終わると、ノアが立ちあがり、手を挙げて沈黙をうながした。「みなさんにお話をする最後の機会じゃ。お別れをいいたくての。今後、洪水は二度とやってこないじゃろう。わしらがこうして一堂に会することも二度となかろう。さて、できるだけ静かに箱舟をおりておくれ。乗船したときとおなじやり方で、大きな動物は大きな道板、小さな動物は小さな道板を通るように。わしからは以上じゃ。みなさん、ありがとう」

全員が手を叩き、何マイルも先からでも聞こえるような大音響となった。ゾウは鼻を鳴らし、ライオンやトラは唸り、オオカミやハイエナは遠吠えし、ジャッカルやキツネは吠えたて、何千もの動物たちが思い思いの音をたてた。ノア夫人が急いで立ちあがって外にでると、ノア、セム、ハム、そしてヤフェトがつづいた。そのあとに動物たちが扉に殺到し、われ先に外にでた。甲板では明るい、まっさらの陽光がすべてに降りそそぎ、陸からは大地と育ちゆく新しい植物の甘い香りがする。

ノアは夫人とヤフェトとともに、道板の近くの甲板の端に立った。甲板の上のノア夫人の足元には、箱舟が建てられていたときにお弁当を入れたあの二個の籠《かご》がある。一方の籠のなかにはあの赤いハンカチに包まれた包みが四個、もう一方のなかには針金の取っ手の青いホウロウ加工のポットが四本入っている。ノア夫人はさっそく夫と息子たちを働かせるつもりらしい。二本の道板のあいだに上着を脱いだセムとハムが立ち、いざというときに助けの手を差しのべようと待ちかまえている。

最初に船をおりたのは老ハゲコウノトリだ。大きい道板の端で立ちどまり、ノアとその家族にうやうやしく頭をさげた。それから、旗艦をおりる提督のように威厳にあふれて道板を渡り、真面目な顔で大地におり立った。ほかの動物たちもあとにつづき、ハゲコウノトリに倣い、ノアに会釈しておりていった。

動物たちは押しあいへしあいしながら道板を渡っていく。ふたたびしっかりと揺るぎない地面とひんやりした緑の草を踏みしめたくてうずうずしている。「そこ、急いで！」「早くして！」「押すな！」「待つんだ！」といった叫び声と、すでに上陸した動物のうれしそうな悲鳴がいり混じる。陸におりた動物はぐるぐると走りまわったり、蹄《ひづめ》や前足やしっぽを空中にふりあげたりして、自由の喜びに酔っている。

これまで急いだためしがないヤクと妻のようなのろい動物も、ぶつぶつ抗議しながらもうしろの動物に押され、さっさと道板を渡っていく。シマウマやロバやウマがそのあとにつづく。興奮して後足を蹴りあげたり鼻を鳴らしたりして、蹄の音も高らかだ。つぎにレイヨウや各種のシカが身をよせあい、うしろをちらちらと気にしつつ駆けおりる。それからオオカミやキツネやジャッカルや各種のイヌが、吠えたてながらきびきびとした足取りでおりていく。順番が来る前からちょっとでも隙間ができると、鼻づらをつっこんでは押しかえされていたのだ。数か月前に、びしょ濡れになりながら、疲れはててみじめに乗船したときとなんたるちがい！　いまや、みんな、そわそわして、期待にみち、どこもかしこも笑顔だ。陸からはまだ箱舟にいる仲間に別れを告げる声がする。使い古された冗談がもう一度だけ交わされる。フタコブラクダでさえ精いっぱい明るくふるまい、年寄りの黒クマでさえ小さな目をうれしそうに輝かせている。

ゾウが道板を通る番になると、カバから大声があがる。「おまえさんの体重に耐えられるかな？　慎重なのにかぎるよ」。一同は乗船したときを思いだし、ほほえんだ。ゾウ自身もあのときを思いだしながら、満足げに巨体を揺らして陸へとおりていった。道板をおりきると立ち止まり、鼻を水に浸した。あとにつづくカバはあっというまに泥水のシャワーを浴びせられた。ついでにそのあとにつづく何匹もの動物も。

笑いの渦がおこり、カバがだれよりも大笑いした。やっと口がきけるようになると、いった。「ゾウのおばさん、意外と鼻っ柱が強いね」そしてはっと気がつき、またもや笑いだし、苦しい息でいった。「こいつぁ、いい！　わかるだろ、アンナ。鼻っ柱が強いから、鼻でぱしーっとおいらに水をかけたんだ。おお、ゆかい！」。のそのそと去っていくカバの後姿からは、とどろくような笑い声がいつまでも聞こえた。

動物たちが箱舟をおりるのにかかった時間は、乗船のときと比べものにならないほど短かった。甲板中で押しあい、叫びあっていた動物の群れは、数分で二本の道板のまわりのふたつのかたまりにまで減り、その動物たちでさえ、たちまち散っていった。

「なかを見まわって、大丈夫かどうか見てくるね」ヤフェトはそういって、大きな緑色の扉をくぐっていった。しばらくすると、にやにやしながらもどってきた。「確認してよかったよ。食堂にナマケモノがいて、朝食が終わったっておかんむりだったんだ。いつものように寝坊して、上陸のことを忘れたんだって!」

みんなは腹を抱えた。

「じゃあ、これから来るんだな?」と、ノアが聞く。

ヤフェトが答えた。「いいえ、それが道板を渡ろうとしないんです。めまいがして、落っこちるっていって。乗りこんだときとおんなじやり方がいいんだって。だれがなんといおうと、軽業《かるわざ》はごめんだって。だから、たぶん、逆さまにぶらさがって道板をつたってるんじゃないかな。あれ? 今度はなんだ?」。そのとき、地面から窒息したような唸り声が聞こえてきた。あの悠長な、怒りをふくんだ声はナマケモノにちがいない。

ナマケモノは陸に背をむけて、道板が地面にとどくところにはまっていた。鉤《かぎ》のような手足を左右にゆっくりとふっている。逆さまで順調に進んだものの、陸につくと、道板の下からころがりでるかわりに、おろかなことにそのまま進もうとしたらしい。押せば押すほど地面にめりこみ、深くめりこめばめりこむほど頑固になっていく。挙句のはてに、なすすべもなく、ゆっくりと左右に背を曲げながら、怒りをつのらせている。ノアたちの姿は見えないのだが、笑い声が聞こえると、もがくのを止《や》めていった。「こ・い・つ・を・お・れ・の・せ・な・か・か・ら・と・っ・て・く・れ！わ・ら・っ・て・な・い・で――」だが、その先はノア一家の爆笑でかき消された。

「こりゃまいったね！　大地をとりのぞいて、道板もろとも支えなしで宙に浮かせてほしいみたいだ。逆さまに生活してものを考えるって、こういうことなんだ！」ヤフェトが笑いすぎて苦しそうにいう。

「なにかしておやり。セム、ハム、助けておやり」しばらくしてノアが涙をぬぐいながらいった。

セムとハムは陸におり、道板を持ちあげ、ナマケモノを助け起こし、ちょっと顔をふいてやってから、送りだしてやった。ナマケモノはぶつくさいいながら、手近な木々のほうにむかっていった。

ほかにすべきことはなさそうなので、ふたりは上着を着てノアのところにもどった。ノアはいった。「終わりよければすべてよしとはよくいったものよ。じゃが、すべて終わってやれやれじゃ。近ごろ、いろいろ心配でならなかった」

「ぼくもです。あれ以上、持ちこたえられたかどうか。なにがはじまったかわかりませんね」セムがいった。

動物たちが去ったあと、どこもかしこも静まりかえっている。最後に上陸した動物たちが、かなたへと急ぎながら叫ぶのがときおり聞こえるだけだ。ノアと家族がたたずむ甲板の高いところからは、丘陵のふもとまで一望できる。

去っていく動物たちのようすは、箱舟にやってきたときとまるでちがっていた。水平線までうねうねと伸びる大蛇のような行進はなかった。平原には、ぽつりぽつりと、一、二匹ずつ、動物がまばらに散らばっている。遠目に姿がそれとわかるものもいる。左のほうにはカバと妻の巨体が、川辺とおぼしき木々や藪《やぶ》の茂った場所をめざして急いでいる。そのむこうには、緑の葉を背景にゾウの輪郭が黒々とめだち、そのそばに寄り添うキリンは、背景に溶けこんでほとんど見えない。

雨が来る前のような、楽しげな動物たちの集いはどこにも見あたらない。シカ、ガゼル、ヤギ、ヒツジのような動物は、いっしょに群れをなして平原を進んでいく。しかし、彼らとて、いたるところに感じられる変化を如実に表している。かつてのしあわせな家族のごとき精神は失われ、かわりに、不気味な、隠された脅威の感覚があたりを支配する。

セムが沈黙を破った。「気がかりだな。なにかがおかしい」

ヤフェトがいう。「みんな、変わったんだ。もう、二度ともとどおりにはならないかも」

長い間《ま》があった。ハムがいう。「なあ、あのトラたちはどういうつもりなんだ？　見ろよ！　薮のうしろを這ったりして――、あそこ、メンヨウのそばだ。あれ？　どうしたっていうんだ？」。頭をそらし、四肢を陽光に輝かせながら、メンヨウたちは狂ったかのように、平原を一目散に駆けていく。

一同はメンヨウたちが見えなくなるまで見守った。ついにノアが口を開いた。顔には苦悩の色が浮かんでいる。疲れきったようすで両目をなでてから、ぽつりといった。

「わしにはどう考えていいものやら見当がつかん」

解説

安達まみ

作家とその時代

本書『箱舟の航海日誌』はもとより、作者のケネス・マクファーレイン・ウォーカーも、日本ではほとんど知られていない。百々佑利子《ももゆりこ》訳『ノア船長はこぶね航海記』（一九七六年、あかね書房）の邦訳があるが、すでに絶版になってひさしい。他方イギリスでは、一九二三年の初版以来、定期的に版を重ね、いまも「児童文学」の古典として読まれている。本書の「はじめに」の記述を信じれば、作者が動物園の老いたカメから情報を得て、アルメニアの洞窟の壁画から物語を再構築したことになっている。『旧約聖書』のノアの箱舟のエピソードが、多分に危なっかしい史実にもとづき、アナクロニズム満載でユーモラスにつづられる。

まず、ものいう動物たちの造型がおもしろい。ビアトリクス・ポターの『ピーター・ラビット』シリーズに代表され、イギリス児童文学に連綿と流れる「動物もの」に属するといっていい。事実、それぞれ個性をそなえた動物たちの言動が、本書の大きな魅力なのだ。イギリスの子どもたちにとってはなじみの深いノアの箱舟に材をもとめたことも、親しみやすさの理由かもしれない。

子どもむけの肩のこらない読み物の体裁をとっているが、悪の本質にせまる寓話としても読める。スカブという（架空の）動物の姿をかりて、悪が箱舟にしのびこむという設定は、作者の神秘思想への傾倒をうかがわせる。しかも、いっさい抽象的な議論に頼ることなく。はじめのうちは、ちょっとした違和感や寒気《さむけ》のようなものとして、やがてはしだいにつのる居心地の悪さとして、箱舟に乗りあわせた動物たちの心のなかに、これまで経験したことのない奇妙な心持ちが生まれていく。作者ウォーカーは、悪がこの世に存在しなかった黄金時代と、現代にいたるその後の世界とを隔てる分水嶺として、ノアの洪水と箱舟を位置づける。冒頭に描かれる動物たちの邪気のなさが、スカブの陰湿なそそのかしによって蝕まれていくさまに、胸をつかれるおとなの読者も多いだろう。

執筆当時の一九二〇年代初頭は、ムッソリーニが台頭し、ヒトラーが存在感を増しはじめた時期である。はじめての大規模な近代戦争となった第一次世界大戦を体験して、西欧の精神的基盤は根本からゆらいでいた。もはや個人の「ヒロイズム」では、無差別に殺戮《さつりく》をもたらす大量破壊兵器に太刀打ちできない。多くの人びとが漠然とそう感じていた。神は死んだ、あるいは神はこの世界にはいないと。「神の不在」の意識は苦々しく、静かに、だが確実に、社会のすみずみへと浸透していった。西欧社会が第一次大戦の荒廃を生々しく記憶にとどめながらも、進むべき道を模索していたこの時期、あらたな精神的苦悶の表現が文壇を席巻する。時代の寵児T・S・エリオットの『荒地』が、本書が刊行される一年前の一九二二年に刊行されたのも、けっして偶然ではあるまい。

一方、依然として「すべての戦争を終わらせるための戦争」という第一次世界大戦のスローガンを信じ、国際連盟に希望を託そうとする楽観主義もしぶとく生き残っていた。本書を上梓《じょうし》したばかりのウォーカーもまた、時代の楽観主義と無縁ではなかった。さらなる戦争、革命といった世界規模の破壊を予言する友人に、ウォーカーはつぎのように反駁した。「西欧諸国がついに教訓を学び、史上はじめて、殺戮以外の方法で国際問題を解決する手段が軌道に乗りかけている。国際連盟も、もはや理想主義者の夢まぼろしではなくなったではないか」

ところが、その直後、ジャーナリストのP・D・ウスペンスキーを介して神秘思想家G・I・グルジェフの思想と出会う。このグルジェフこそ、先の友人が伝えた予言の発信源だった。かくてウォーカーは楽観主義を捨て、存在の謎をさぐる神秘思想へと傾いていく。いまもウォーカーはグルジェフの英語圏への紹介者として知られる。すぐれて合理主義的な考えの持ち主であると自認していたにもかかわらず、グルジェフの神秘思想への傾倒を予感させる世界観が、すでに本書にもうかがえるのが興味深い。

ケネス・マクファーレイン・ウォーカーは一八八二年六月六日、ロンドンの北部ハムステッドでスコットランド系の両親のもとに生まれた。父は貿易商だったが、ウォーカーは家業を継がずに医学を志し、ケンブリッジ大学ゴンヴィル・アンド・キーズ学寮で学ぶ。一九〇四年に卒業すると、ロンドンのセント・バーソロミュー病院で研修医として訓練をうけ、一九〇六年、王立外科医師会会員となる。専門は泌尿科学。研修期間中に広く旅し、アイスランド、スイス、インド、およびアフリカ東部を訪れた。一九一〇年、ブエノスアイレスのイギリス系の病院に勤務。その後、当地で開業するが、第一次大戦の勃発とともに帰国し、大戦中は軍医として従軍。一九一八年、大戦中の功績により大英帝国四等勲位（ＯＢＥ）を授与されるも辞退。その後、ロンドンで医師として成功。性機能障害の心理的側面に注目し、しだいに哲学への関心を深める。一九二六年、エイリーン・マージョリー・ウィルソンと結婚し、一男一女をもうけるが一九四四年に離婚。同年、メアリー・ゲイブリエル・ピゴットと結婚。文学・思想にも造詣が深く、作家としても活躍した。生理学、心理学、哲学の主題をとりあげ、多数の著書を残した。『性の生理学とその社会的意味』（一九四〇年出版）は、性科学についての情報が少なかった時代に一般読者むけの解説書として好評だった。子どもむけの作品は本書のほかにない。

それではなぜウォーカーは子どもの本を書いたのか。ある少女がジャングルの動物の本を作家ケネス・グレアムに書いてもらいたいと、グレアムの友人ウォーカーに相談した。ウォーカーが少女の希望を伝えると、グレアムは答えた。自分はジャングルを知らないので、ジャングルに行ったことがある君（ウォーカー）が書いたらどうか。一九二〇年に最愛のひとり息子をなくしたグレアムには、少女の希望に応える精神的な余裕も執筆意欲もなかった。ウォーカーは友人ジェフリー・ボンフリーに協力をもとめ、一九二三年、ボンフリーのヘタウマの挿絵つきの本書が出版される。文章はするすると書けたらしい。なぜ箱舟をテーマにしたのかとある友人に聞かれて、ウォーカーは答えている。「箱舟のテーマは子どもむけの本にぴったりに思えたのでね。事実、ほとんどひとりでに書けてしまったよ」

グレアムは動物たちを集団的主人公とする『楽しい川べ』（一九〇八年出版）で知られる。グレアムが描いた動物たちの友情は、イギリスのパブリック・スクールで青春をともにしたジェントルマン階級の男どうしの友情をほうふつさせる。のどかな自然の風物にいだかれて、均質な世界で育まれる仲間意識へのノスタルジアは、イギリスのうるわしい牧歌的風土を侵食する、雑多でがさつな機械文明への異議申し立てとも読める。

動物が活躍する点で『箱舟の航海日誌』と『楽しい川べ』は似ているが、決定的な相違もある。なんといっても『楽しい川べ』は第一次世界大戦前に書かれている。グレアムは懐古趣味・エリート主義・私的な理想郷への夢想をいだくことができた。その共感はあきらかに「育ちのよいジェントルマン階級」にむかう。すなわち「下層階級」のイタチやオコジョは排除され、女性はほとんど無視される。

ひるがえってウォーカーは、第一次大戦中の従軍経験をつうじて、牧歌的な平和が幻想であると身をもって知った。また、階級意識のもたらす閉塞感をよしとしなかった。ウォーカーはどんな動物にもやさしい視線をむける。「下品な」カバも、「育ちのよい淑女」のゾウも、おっちょこちょいのサルも、気弱なへっぽこ詩人のナナジュナナも、自力では坂も越えられない無力なフワコロ＝ドンも、みなそれぞれの役割を与えられ、りっぱに演じきる。独特の動きをするナマケモノも存在感たっぷりに描かれる。「逆さま」だの「のろま」だのと決めつけられて、ナマケモノはむっとする。逆さまなのはどっちだ、せかせかするのがそれほど立派なことなのかいとでもいいたげに。友人どうしだったグレアムとウォーカーの差異は、ふたりの生来の資質の差を反映すると同時に、それぞれが生きた時代と経験をも反映すると考えてよいだろう。

箱舟の物語

本書は『旧約聖書』の「創世記」（六－九章）を「底本」とする。まず「創世記」三章でアダムとエヴァの「原罪」と「楽園追放」が語られる。四章ではふたりの長子カインが弟アベルを殺す。かくて原罪が第二世代に伝えられる。その後、アダムとエヴァは息子セツをもうけ、その家系が脈々とつづく。ノアはこのセツの子孫である。時代とともに人間の悪行はますますひどくなる。ついに神は決意する。人間ばかりか家畜や鳥にいたるまで、いっさいを地上から消してしまおうと。それでも、義人ノアとその家族だけは生かすことにした。神はノアに箱舟を造らせ、つぎのように命じる。

……わたしは、あなたと契約を結ぼう。あなたは、あなたの息子たち、あなたの妻、それにあなたの息子たちの妻といっしょに箱舟にはいりなさい。またすべての生き物、すべての肉なるものの中から、それぞれ二匹ずつ箱舟に連れてはいり、あなたといっしょに生き残るようにしなさい。それらは、雄と雌でなければならない。

また、各種類の鳥、各種類の動物、各種類の地を這うもののすべてのうち、それぞれ二匹ずつが、生き残るために、あなたのところに来なければならない。

あなたは、食べられるあらゆる食糧をとって、自分のところに集め、あなたとそれらの動物の食物としなさい。

(以下、聖書からの引用は日本聖書刊行会発行の『新改訳聖書』を使用した)

動物たちの数は一つがいずつというのが一般的だが、「創世記」七章には「すべてのきよい動物の中から雄と雌、七つがいずつ」、「空の鳥の中からも雄と雌七つがいずつ」との記述もある。これらの齟齬《そご》は、一つがいずつとする祭司伝承と、七つがいずつとするヤーウェ伝承が聖書のなかに混在するせいだ。多めに申告したヤーウェ伝承は、のちにノアが神に供犠として捧げる動物の数を考慮にいれたとされる。『箱舟の航海日誌』でも両伝承の痕跡が認められる。収容される生き物の大半は一つがいずつと思われるのに、箱舟の常夜灯の役割をはたす発光ツノメドリは数匹いるらしいのだ。

そして大洪水が襲いかかる。「巨大な大いなる水の源が、ことごとく張り裂け、天の水門が開かれた。そして、大雨は、四十日四十夜、地の上に降った」(七章)。その後も水は増えつづけたが、ようやく百五十日たって水位が下がりはじめた。「箱舟は、第七の月の十七日に、アララテの山の上にとどまった」(八章)。ヤフェトがアルメニアの洞窟に壁画を描いたと示唆するくだりは、作者ウォーカーが実在のアララト(アラテ）山の地理的位置を下敷きにして遊んでいるのだろう。

四十日の終わりに、ノアはまずは烏を、つぎに鳩を放った。鳩がオリーブの若葉を嘴にはさんで帰ってきたので、水が地から引いたのを知る。ふたたび鳩を放すと、今度は箱舟にもどってこない。住まいとなる森をみつけたので、もどる必要がなくなったのだ。大地がすっかり乾くと、神の指示でノアは家族と生き物たちを箱舟から降ろす。ノアが神に「全焼のいけにえ」を捧げると、神は二度とこのような災いを送らないと約束し、ノアに命じる。「生めよ。ふえよ。地に満ちよ」（九章）と。以後、空にかかる虹は、神が被造物とかわしたあらたな契約の証となった。

洪水の始まりと終わりのあいだで、運命共同体ともいうべき箱舟のなかで、いったいなにがおこったのか。あの閉じられた空間で、どのような化学反応がおきて、最終的になにが醸成されたのか。聖書ではあえて語られないこの空白を、本書は大胆な仮説でもって埋めようとする。

原罪と悪の連鎖

『旧約聖書』の「イザヤ書」（六五章）は、きたるべき救世主メシアにより贖われ、まっさらにされた世界、つまり「原罪」以前の状態に「回帰」した平和な世界をつぎのように描きだす。

狼と子羊は共に草をはみ、
獅子は牛のように、わらを食べ、
蛇は、ちりをその食べ物とし、
わたしの聖なる山のどこにおいても、
そこなわれることなく、滅ぼされることもない。

本書の冒頭に描かれるのはまさにこの至福の状態である。動物たちはみな気立てがよく、仲よく遊び、実った果物を食べる。果物や草以外のものを食べるという発想すらなく、肉食はおこなわれない。肉食はたんなる食習慣ではない。肉食は動物を決定的に、いや致命的に、ふたつのカテゴリーへと分断する。食べる側と、食べられる側へと。そもそも、箱舟以前の世界には肉食が存在せず、いかなる動物のあいだにも敵対は生じない。身体の大小、力の強弱、知恵の多少はあっても、生命の重さに差はなかった。

ところが箱舟に動物たちが集められたとき、悪がしのびこむ余地が生まれた。スカブという得体の知れない動物の姿で。聖書がもっぱら人間の行状に焦点をあてるのにひきかえ、本書は動物を主役に据える。人間は狂言回しにすぎない。悪の恐ろしさを文字どおりその身で実感するのは動物のほうだ。最悪の場合、自分が食われる側におかれるのだから。弱肉強食という「自然の掟」は、ウォーカーにいわせれば、「自然」でもなければ神の定めた「掟」でもない。箱舟というきわめて人工的なレトルト空間のなかで、ある具体的な獣の姿を媒介として、箱舟の主、つまり神の代理人であるノアのあずかり知らぬ間に、伝播していった「病」なのである。

この得体の知れないスカブとはなにものか。スカブとて生まれながらに邪悪だったのではない。かつては他の動物とおなじく、「陽光のもとで日向ぼっこし、満月のもとで屈託なく戯れ」ていた。悪は、ある日とつぜん、いわば災難のように、若者スカブの上にふりかかる。

発端は痛ましく不幸な事故である。しかし、この事故が悪の刻印をおびるには、スカブのうちなる同意が必要だった。はじめて味わう血と肉の味に興奮をおぼえたスカブは、「やましい顔つき」をした悪の共犯者となる。潜在的で抽象的な可能性にとどまっていた悪が、「うちにあったすべての悪が洪水のように」顕在化し、スカブのなかで血肉をもった現実態となったのだ。

悪の醸成が第一段階とすれば、悪の伝播は第二段階である。箱舟のなかでは身を隠す闇もない。はじめはおどおどと遠慮がちだったスカブも、しだいにほかの動物たちとつきあうようになり、やがては人気者にさえなっていく。あまつさえ、トラやヒョウをはじめ、キツネやイタチなどの仲間たちに、なにやらよからぬことを吹きこんでいる。動物たちは否応なく一か所に押しこめられ、無聊をかこっている。もとの世界にもどれる保証もない。たとえ地上にもどれたとしても、水没したかつての世界に食べ物はあるのか。不安のなかで暇と力をもてあます大きな動物たち、たとえばトラやヒョウの耳には、たくみに自尊心をくすぐるスカブのへつらいが心地よくひびく。スカブは「話のわかるやつ」なのだ。すでに肉食の快楽を知るスカブと、将来の肉食予備軍である動物たちのあいだで、グレアムの動物たちの男どうしの友情の皮肉なネガともいえる友情がつむがれていく。こうして共有された悪は社会的な次元へと移行する。

とはいえ、悪の本格的な顕現は第三段階を待たねばならない。箱舟の旅が終わり、あらたな土地に動物たちが放たれた。しかし、動物たちはかつてのように異種いり乱れて仲よく遊ぼうとしない。シカやヒツジたちは不安げに身をよせあい、トラは藪のなかをこっそりと這って、背後からメンヨウに近づいていく。こうして悪は新しい世界へと伝播される。すべてを滅ぼしつくす最大の危機をまぬかれた箱舟のなかで、最悪の危険がひそかに醸成される。これ以上の皮肉があるだろうか。

慈悲深いノアがスカブの過去を不問に付し、箱舟にうけいれたように、神も義人ノアへの愛ゆえにノアとその家族を救う。しかしアダムとエヴァ以来の原罪は連綿と伝えられ、潜在的な悪は絶えてなくならない。ノアへの神の愛は神の弱さでもあり、物語のノアのスカブへの思いやりも致命的な悪をあらたな世界に放つ原因となる。ノアが善意で築いた箱舟が逆説的に悪の感染をひろめるすべとなっていく。蔓延する悪を食いとめる手立てはないのか。第一次世界大戦の反省から生まれた国際連盟もまた短命に終わった。

ウォーカーが肉食というかたちで悪を表象したのはなぜか。肉食が殺しをともなうからであろう。一方「創世記」（一章）によれば、神は人間を創造すると同時に、な

に を食すべきかも定めている。

ついで神は仰せられた。「見よ。わたしは、全地の上にあって、種を持つすべての草と、種を持って実を結ぶすべての木をあなたがたに与えた。それがあなたの食物となる。

また、地のすべての獣、空のすべての鳥、地を這うすべてのもので、いのちの息のあるもののために、食物として、すべての緑の草を与える」。するとそのようになった。

原初、すべての生き物は草食だった、と読めなくもない。人間には「種」と「実」が、その他の動物には「緑の草」が割りあてられた。あきらかに人間が優遇されているものの、どこにも肉食へのあからさまな言及はない。血抜きの食物規定が語られるのは、箱舟がアララテ山に到着したあとだ。神はノアとあらたな契約を結び、「生きて動いているもの」を食物として与えると言明する（九章）。ウォーカーはこの箇所に着想を得て、肉食行為を悪と同定すると同時に、肉食獣と草食獣の対立の構図を洪水神話とからめて描こうとしたのかもしれない。

それにしても、ウォーカーはなぜ物語のなかに神を登場させず、神から人間への契約の証である虹にも言及しないのか。説教くささを持ちこまない配慮もあろう。また、神について「不在」や「喪失感」などの脈絡でしか語りえない時代にあって、空にかかる虹や神と人間との契約といった表象はなじまないと、ウォーカーが考えたとしてもふしぎはない。かならずや洪水は終わり、乾いた大地がみえるはずだというノアのゆるぎなき信念のうちにのみ、「隠れたる神」はたしかにうかがえるのである。

だが、この物語は失われゆくイノセンスへの哀歌でもある。閉じられた息苦しい空間のなかで、小さく無力な生き物たちをじりじりと追いつめる悪の影が、箱舟のなかに実存的な不安を醸しだす。弱肉強食の世界では消えさる運命の、変てこでいたいけな生き物の愚かさと無垢。失われたイノセンスへのノスタルジアがここにある。わけのわからぬ危険から逃れようと、ナナジュナナが夜更けに箱舟をあとにする。小舟がわりの樽にわずかに残ったトウミツだけで、どうやって洪水を乗りきろうというのか。いやに元気なナナジュナナの歌声がかえって痛ましい。

一週間はもちこたえるんだ。
トウミツの滓でがんばるんだ。
それに水なら充分さ。
たっぷりあること請けあいさ。
　樽に乗ってりゃ安心そのもの。
　スカブの脅威もなんのその。

どこに行くかはわからない。
それでも行くんだ、気にしない。
望みが叶えば、光も差そう。
いつか陸地を目にしよう。
　だってぼくらの樽は安心そのもの。
　スカブの脅威もなんのその。

イノセンスを奪おうとする輪郭の定まらない悪を前に、わたしたち読者はなすすべもなく立ちつくす。愚かさと無垢の表象であるナナジュナナが地表から姿を消しても、やはりなお世界はつづいていく。スカブの末裔たちの跳梁に歯止めをかけるすべもなく。

ウォーカー年譜

一八八二年

六月六日、ロンドン北部ハムステッドでウィリアム・ジェイムズ・ウォーカーとイサベラ・マクファーレィンの間に生まれる。両親はスコットランド出身。

一九〇四年　二二歳

ケンブリッジ大学卒業。その後、ロンドンのセント・バーソロミュー病院で研修期間をすごす。このころ、アイスランド、スイス、インド、アフリカ東部を旅する。

一九〇六年　二四歳

王立外科医師会会員となる。

一九一〇年　二八歳

ブエノスアイレスのイギリス人病院に赴任。

一九一四年　三二歳

帰国。第一次大戦中、軍医として従軍する。戦後、ロンドンで開業。

一九二三年　四一歳

Diseases of the Male Organs of Generation（『男性生殖器の疾患』）、*The Log of the Ark*（『箱舟の航海日誌』G・M・ボンフリー挿

絵）を出版。ロンドンではじめてP・D・ウスペンスキーに出会い、以後、四七年にウスペンスキーが死去するまで、彼から神秘思想家G・I・グルジェフの思想を学ぶ。

一九二六年　四四歳
The Enlarged Prostate（『前立腺の肥大』）出版。
四月二四日、エイリーン・マージョリー・ウィルソンと結婚。

一九二八年　四六歳
On Being a Father（『父親になること』妻と共著）出版。

一九三〇年　四八歳
Male Disorders of Sex（『男性の性機能障害』）出版。

一九三五年　五三歳
Sex and a Changing Civilisation（『性と変わりゆく文明』）出版。

一九三六年　五四歳
The Intruder. An Unfinished Self-portrait（『侵入者—未完の自画像』）出版。

一九四〇年　五八歳
The Physiology of Sex and its Social Implications（『性の生理学とその社会的意味』）出版。

一九四二年　六〇歳
The Circle of Life. A Search for an Attitude to Pain, Disease, Old Age and Death（『生の循環—痛み、病、老齢、死とどのようにむきあうべきか』）、*Diagnosis of Man*（『人

間の診断』)、*Human Physiology*(『人間の生理学』)を出版。

一九四四年　六二歳

Meaning and Purpose(『意味と目的』)を出版。最初の妻エイリーン・マージョリーと離婚。九月二三日、二番目の妻メアリー・ゲイブリエル・ピゴットと結婚。

一九四六年　六四歳

I Talk of Dreams. An Experiment in Autobiography(『侵入者』を大幅に改訂し、『夢について語る―自伝の試み』)として出版。

一九四八年　六六歳

パリではじめてグルジェフに会う。

一九五〇年　六八歳

A Doctor Digresses(『医者のよもやま話』)出版。

一九五一年　六九歳

Venture with Ideas(『理念の冒険』)を出版し、グルジェフの神秘思想を解説。

一九五二年　七〇歳

Commentary on Age(『老齢について』)出版。

一九五七年　七五歳

A Study of Gurdjieff's Teaching(『グルジェフの教えについての考察』)出版。

一九六一年　七九歳

The Unconscious Mind(『無意識』)出版。

一九六二年　八〇歳

The Conscious Mind. A Commentary on the Mystics(『意識――神秘思想家について』)

出版。

一九六三年　八一歳

The Making of Man（『人間の創造』）出版。

一九六六年　八四歳

一月二二日、サセックス州ウェスト・ラヴィントンで死去。

訳者あとがき

原書をはじめて読んだのは、イギリスに住んでいた七歳のころだった。原題 *The Log of the Ark* の log が航海日誌を指すのを知らず、丸太（log）なんてあったかな、作者のおとぼけかもと思ったものだ。最初の出会いから四十数年を経て、なつかしい愛読書とむきあう機会に恵まれ、つくづくしあわせに思う。

英語圏の「児童文学」には、燦然と輝く大作からきらりと光る小品まであまたある。さしずめ本書は後者の一例だろう。日本では先達の尽力のおかげで、早い時期から多くの作品が紹介されている。もっとも翻訳には悩みがつきまとう。訳文の親しみやすさを意識しすぎて「児童文学」の枠に囲いこんでも、嚙み砕きすぎて文化的な差異がもたらす「異化効果」を消し去ってもいけない。原作のほどよい「抜け感」を損なうことなく、おとなの読者にも訴えうる訳文を心がけた。

ノアの箱舟とその住人たちは伝統的なおもちゃのモティーフである。いまでも玩具店にドールハウスなどとともに並べられている。たいていは木製だが、シュタイフ社製のぬいぐるみ版もある。子どもたちを遊ばせながら、聖書の物語と動物の特徴や名称を教えるのに好都合なのだろう。

本書はさながらおもちゃのノアの箱舟の住人たちに息を吹きこむ試みである。食事、風呂、就寝、と他愛ない船上の生活の描写もあざやかだ。動物たちの口調を工夫するのは楽しい作業だった。おしゃべりなカササギ、豪放磊落《ごうほうらいらく》でだじゃれ全開のカバ、神経質なゾウ、ひとなつこいサル、ぼやき節のヤク、高慢なトラ。現実の動物の特徴もとらえていて心憎い。なかでもカバ。がさつで下品だが、気弱な動物たちには頼もしい親分的な存在だ。音楽会で披露する歌も悪くない。おせっかいなサルも秀逸な造型だ。サルによれば自分は音楽一家の出身で、オルガンを弾くおじさんがいるのだという。一九二〇年代当時、サルを連れて街角でオルガンを弾く流しの手まわしオルガン弾きはありふれた光景だった。音楽会でヤフェトが歌う「動物たちはつがいになってやってきた。／はじめにゾウ、それにつづくはカンガルー」も、作者の指摘どおり、よく口ずさまれていた子どもの歌である。箱舟の食事がオートミールというのもアナクロでおかしい。

実在の動物たちと混じって、『アラビアン・ナイト』ゆかりの巨鳥ロックや、一角獣、ワシの頭と翼とライオンの胴体をもつグリフィンなど、神話や伝説でおなじみの生き物があたりまえのように箱舟に乗りこむところもいい。だが、なんといってもおもしろいのは、いまでは絶滅してしまったというおかしな生き物たちだ。自力では下ることしかできない球体のフワコロ＝ドン、生まれて初めて浴びた雨にあえなく溶けてしまうクリダー、舌なめずりするスカブから逃れようと箱舟をあとにするナナジュナナ。そして悪を体現するスカブ。架空の動物の名称には、原作のごた混ぜ感を残した。フワコロ＝ドンやナナジュナナは日本語に置き換え、スカブやクリダーはそのまま英語の音をカタカナ表記した。

翻訳にあたり、同僚の冨原眞弓氏には多くの助言をいただいた。ここに記して謝意を表したい。最後に、日本語版のためにあらたに挿絵を描いてくださった松本圭以子氏と、本書の翻訳を可能にしてくださった光文社翻訳出版編集部のみなさんに厚く御礼を申しあげる。

kobunsha classics
光文社古典新訳文庫

箱舟《はこぶね》の航海日誌《こうかいにっし》

著者　ウォーカー
訳者　安達《あだち》まみ

2007年4月20日　初版第1刷発行
2023年7月5日　　　第3刷発行

発行者　三宅貴久
印刷　大日本印刷
製本　大日本印刷

発行所　株式会社光文社
〒112-8011東京都文京区音羽1-16-6
電話　03（5395）8162（編集部）
03（5395）8116（書籍販売部）
03（5395）8125（業務部）
www.kobunsha.com

落丁本・乱丁本は業務部へご連絡くだされば、お取り替えいたします。
ISBN978-4-334-75126-5 Printed in Japan

組版　新藤慶昌堂

いま、息をしている言葉で、もういちど古典を

長い年月をかけて世界中で読み継がれてきたのが古典です。奥の深い味わいある作品ばかりがそろっており、この「古典の森」に分け入ることは人生のもっとも大きな喜びであることに異論のある人はいないはずです。しかしながら、こんなに豊饒で魅力に満ちた古典を、なぜわたしたちはこれほどまで疎んじてきたのでしょうか。

ひとつには古臭い教養主義からの逃走だったのかもしれません。真面目に文学や思想を論じることは、ある種の権威化であるという思いから、その呪縛から逃れるために、教養そのものを否定しすぎてしまったのではないでしょうか。

いま、時代は大きな転換期を迎えています。まれに見るスピードで歴史が動いていくのを多くの人々が実感していると思います。

こんな時わたしたちを支え、導いてくれるものが古典なのです。「いま、息をしている言葉で」――光文社の古典新訳文庫は、さまよえる現代人の心の奥底まで届くような言葉で、古典を現代に蘇らせることを意図して創刊されました。気取らず、自由に、心の赴くままに、気軽に手に取って楽しめる古典作品を、新訳という光のもとに読者に届けていくこと。それがこの文庫の使命だとわたしたちは考えています。

このシリーズについてのご意見、ご感想、ご要望をハガキ、手紙、メール等で翻訳編集部までお寄せください。今後の企画の参考にさせていただきます。
メール　info@kotensinyaku.jp